AF144858

Ich wollte eine Erklärung des Seins, eine Erklärung, die so klar war, dass alle meine Fragen sich erübrigten.

Janwillem van de Wetering

K. J. Müller

ZEIL

Kriminalroman

Bibliografische Information der Deutschen Nationalbibliothek:
Die Deutsche Nationalbibliothek verzeichnet diese
Publikation in der Deutschen Nationalbibliografie;
detaillierte bibliografische Daten sind im Internet über
http://dnb.dnb.de abrufbar.

Coverfoto: © L. Wagner

Herstellung und Verlag: BoD – Books on Demand,
Norderstedt

ISBN: 978-3-734-79653-1

1

MÜNCHEN / BERLIN
NACHT VON DIENSTAG AUF MITTWOCH

Sie rief an. Halb drei Uhr morgens. Aus Berlin. Anna. Zeil war bestimmt in der zweiten oder dritten REM-Phase und versuchte den Klingelton seines Handys in den stets wiederkehrenden Polizistentraum einzubauen, in dem er sich bei einem laufenden Einsatz mit einem Putzeimer und einem Wischmopp duellieren musste. Moderne Technik entzieht sich dem Unterbewussten auf eine unangenehm penetrante Art und Weise. Es blieb ihm versagt, herauszufinden, was die beiden Reinigungsutensilien diesmal verbrochen hatten, welche Paragraphen des Strafgesetzbuches und des Polizeiaufgabengesetzes in Betracht kämen und anzuwenden wären: Widerstand gegen Vollstreckungsbeamte und etwas mit Verdunkelungsgefahr aller Wahrscheinlichkeit nach. Konrad Zeil wachte auf. Er ging an sein Handy, das er auf dem Nachtkästchen liegen hatte. Eimer und Feudel entkamen der Festnahme durch Flucht ins nächtliche Putztraummilieu. Eine Gegenüberstellung zu einem späteren Zeitpunkt könnte sich als schwierig erweisen.

»Konrad, ich bin´s, Anna.«

»Weißt du, wie spät es jetzt ist«, ranzte Zeil

schlaftrunken nach einem Blick auf seinen Wecker.

»Ja, sorry, ich stecke in der Klemme, aber wen hätte ich sonst anrufen sollen um diese Zeit?«

»Genau. Wenn jemand keinen Schlaf braucht, dann dein Ex«, antwortete er.

»Jetzt hör doch mal zu…«, sagte sie.

Anna war gemeinsam mit Miriam, ihrer besten Freundin, zu einem Nachtkonzert in die Pestalozzistraße aufgebrochen. Sie hatten vorher in einem kleinen indischen Restaurant, das maximal zehn, zwölf Gästen gleichzeitig Platz bot, Masoor Dal, die rote, mit Kreuzkümmel gewürzte Linsensuppe, und ein vorzügliches Rogan Josh, den nordindischen Lammfleischtopf, gegessen. Nach dem Zahlen und dem obligatorischen Mangolikör, der jegliche Restschärfe des Essens eliminiert hatte, waren sie zu der Jazzkneipe ein paar Straßen weiter gezogen. Nur drei Leute standen vor ihnen am Einlass des gründerzeitlichen Eckhauses, in dem sich der Club befand. Es spielte ein stylisches Londoner Quartett in der Besetzung Saxofon, Bass, Schlagzeug und Hang, einem Instrument schweizerischer Herkunft, dessen Sound einen weiten Bogen über Indien in die Karibik schlug. Längst füllte die Studentengruppe größere Säle, aber den überraschenden Gig in der angesagten Charlottenburger Kneipe wollten oder konnten sie sich nicht entgehen lassen.

Anna und Miriam hatten sich nach hinten in den gut gefüllten, L-förmigen Raum vorgearbeitet und seitlich der Bühne noch zwei Stehplätze ergattert.

Verbrauchte Arbeitswölfe klammerten sich an ihr Bier, als wäre es die letzte Beute, bevor die Jüngeren im Rudel ihnen das Revier streitig machen könnten und sie von den Futterplätzen gesegneterer Zeiten wegbeißen würden. Nur noch dem Jazz öffneten sie ihr knöchernes Herz, in der Hoffnung, das wilde, unreglementierte Leben vergangener Jagdzeiten könnte sie mit dem ein oder anderen Jazzstandard der fünfziger, sechziger Jahre oder den kreativen Eigenkompositionen der Gruppe noch einmal streifen, wiederbeleben, gleich hier und jetzt mitreißen, fort aus ihren Verwaltungen, beengten Büros und belanglosen Beziehungen. Die beiden Freundinnen bestellten Aperol Sprizz, was sonst, und Anna meinte, dass die sphärische Musik in der spärlich beleuchteten Jazzkneipe auch ihr neue Räume geöffnet hätte, mehr noch als das orangerote Leuchten ihres Getränkes und weiter als die Nacht.

Jedenfalls kam der Typ, von dem sie dann berichtete, erst zum zweiten Set. Marke Ausnahmeerscheinung. Kultiviert, gepflegtes Äußeres, so um die fünfzig, schon leicht angegraut, modisches Schuhwerk, Edeljeans, Designerbrille. Mit einem kurzen Nicken zur Begrüßung habe er sich neben Anna gestellt. Verzicht auf blöde Anmache - war schon mal gut.

Anna kannte Zeils schwache Punkte und wusste genau, welche Knöpfe sie drücken musste, damit er sich auch wirklich aufregte.

»Soll ich mir jetzt noch anhören, wie du alternde Jazzonkel aufreißt?« reagierte Zeil, jetzt doch hellwach, und wollte schon verärgert auflegen.

»Du bist der einzige Bulle, den ich kenne, Konrad.«

Etwas an ihrer Stimme hielt ihn zurück. Verunsicherung, Bedauern, gespielte weibliche Hilflosigkeit? Er wusste es nicht. Etwas war nicht in Ordnung, ganz und gar nicht. Sie waren ins Gespräch gekommen, Anna und der Typ. Ob sie wüsste, was das für ein außerordentliches Instrument sei, mit dem sich dieser Sound erzeugen ließe, hatte er sie zwischen zwei Stücken gefragt. Anna teilte seine Begeisterung für das Hang, für die innovative Band, und Miriam hatte sich – als beste Freundin – noch während der Aufführung verabschiedet, um Anna, die mal wieder auf der Suche war, nicht die Tour zu vermasseln.

Zum Ende des Konzerts und einige Drinks später hatte der Typ – seinen Namen hatte Anna Konrad immer noch nicht gesagt – sich angeboten, Anna zum Taxistand am Savigny-Platz zu begleiten. Sie hatten viel gelacht und waren von einem Schaufenster der kleinen Läden im Viertel zum nächsten gezogen, hatten sich lustig gemacht über Kleider, die vielleicht in den sechziger, siebziger Jahren en vogue waren, und doch auch heute ihre Retro-Kundschaft fanden. Die Fenster eines Plattenantiquariats hatten bei Anna Erinnerungsfragmente aktiviert. Aufpoppende und sich überlagernde Apps ihres Gedächtnisses. Nostalgische Erinnerungen mädchenhafter Leidenschaft für Simon-and- Garfunkel-Songs stiegen auf, Verwunderung darüber, wie viel Zeit doch ins Land gegangen war seit dem Berlin-Konzert von Barcley-James-Harvest – die Live-Aufnahme und Lieblingsplatte ihrer Gymnasialzeit hatte sie im zweiten Fenster des Ladens entdeckt. Das Staunen über Veränderungen, die mit ihr selbst ganz unmerklich geschehen waren, oder die sie gezielt vorangetrieben hatte, Veränderungen, die mit den Menschen um sie herum, mit Berlin, ja mit und in ihrem höchst privaten Universum stattgefunden hatten. Der Typ, den sie in der Jazzkneipe kennen gelernt hatte, deutete auf die ein oder andere der gebraucht zu kaufenden Scheiben, die ihm früher wohl etwas bedeutet hatten. Die Schnittmenge ihrer musikalischen Interessen tendierte gegen Null. Bill Haley oder Elvis, das war vor ihrer Zeit. Immerhin kannte er das geniale Album »85555« von SPLIFF, und sie stritten sich halb im Spaß und halb im Ernst drüber, welches Lied denn das bessere sei, »Carbonara«, das im Radio rauf und runter lief, oder jenes mit dem »roten Hugo«, wobei sie sich beide nicht mehr an den richtigen Titel des Songs erinnern konnten.

Das angrenzende Schaufenster einer Buchhandlung brachte sie in die Jetzt-Zeit zurück. Thematisch gut überschaubar: Kapitalismuskritik, Finanzkrise, wirtschaftsweise Kriegsgewinnler, Popökonomen, Bücher für Sinn suchende und völlig Ahnungslose, Survivalguides für intellektuelle Großstädter - »Pessimism sells« meinte ihr neuer Bekannter. Das war es, was sie an ihm faszinierend fand: kurze, knappe und intelligente Kommentare, der trockene Humor, ein Mann mit Stil.

Einige Ecken weiter, vor der Auslage einer Chocolaterie, hatte er Anna gefragt, ob sie Lust auf Schokolade hätte. Im Fenster eine überschaubare Auswahl edelster Tafeln, deren jeweilige Besonderheiten auf kleinen Edelholz-Schildchen kalligraphisch erläutert wurden. Feinste französische Vokuhila-Schokolade, drapiert auf blausamtenen Kissen, war mit höchsten Exclusiv-Kakaoanteilen noch vom Maître Chocolatier schweißtreibend handconchiert, mit verschiedensten Ingredienzen geschmacklich veredelt. Ein Tafel-Quartett mit Salzen der Atacama-Wüste, dem Toten Meer, dem Himalaya und dem kasachischen Teil des Aralsees. Zentrales Objekt der Präsentation, die eher an ein Juweliergeschäft erinnerte denn an eine Patisserie, war ein von außen mit einem Spot beleuchteter Glasquader, der, ebenfalls auf blauem Samt gebettet, sicher klimatisiert und bei konstanter Luftfeuchtigkeit eine Rarität enthielt: ein Stück Schokolade, an dem sichtlich die Zeit und vielleicht auch das ein oder andere Meerestier genagt haben mochte - Schokolade aus dem Bauch der Titanic. Gleich rechts neben diesem käuflich nicht zu erwerbenden Unikat wurde als Neuedition ein Trio weiterer süßer Seltenheiten zum lächerlichen Preis eines kleinen Gebrauchtwagens dargeboten. Die blattgoldgesprenkelte Tafel mit achtundneunzig Prozent Kakaoanteil gefiel in ihrer Zellophanhülle alleine schon optisch durch den glitzernden Kontrast. Für die zweite Tafel hatte eine sehr bekannte amerikanische Sängerin ein Strähnchen ihres platinblonden Haares geopfert, und die dritte Kostbarkeit enthielt winzigste Nuancen seltener Erden, die unter Lebensgefahr aus China herausgeschmuggelt worden waren.

»Bald werden sich Edelmetallabscheiden in Kläranlagen rentieren, das Zeug bleibt ja nicht drinnen«, sagte der Typ lachend zu Anna.

»Magst du eine Tafel?« fragte er sie. Als sie bejahte, schob er ein »Jetzt gleich?« nach.

»Immer«, antwortete sie, schon gespannt, ob er nicht den Mund zu voll genommen hätte und wie er sich aus dieser Situation, in die er sich mit seinem Angebot gebracht hatte, wieder heraus manövrieren würde. Ihr neuer Bekannter hob einen im Rinnstein liegenden Pflasterstein auf und warf – zu ihrem Entsetzen - das Schaufenster der Chocolaterie ein. Das Bersten des großen Fensters versetzte sie in Schockstarre, doch der Typ stieg eilends über die den Boden bedeckenden Glasscherben hinweg und langte tief ins Innere der zerstörten Auslage.

»Hier, nimm«, sagte er, und drückte Anna eine Tafel Schokolade in die Hand.

»Das gibt's doch nicht«, stammelte Anna. Achtundziebzigkommafünfunddreißig Prozent Kakaoanteil – ihre Lieblingssorte. Auf das Hundertstel Prozent genau, zwei Stellen nach dem Komma. »Woher ...?«

»Lauf«, schrie der - von der männlichen Ausnahmeerscheinung zum völlig Durchgeknallten mutierte – Typ und rannte los. Es dauerte länger als die übliche Schrecksekunde, bis sie das ohrenbetäubende Heulen der Alarmanlage mit dem eben Geschehenen in Zusammenhang brachte und sie reagieren konnte. Anna rannte, so schnell es ging und so schnell es ihre Schuhe zuließen, in die entgegengesetzte Richtung. Ihren neuen Bekannten hatte sie, zum Glück, aus den Augen verloren und er sie hoffentlich auch.

»Ist der wahnsinnig, Konrad?«, rief sie in ihr Handy. »Was bildet der sich eigentlich ein? Was glaubt der, wer er ist? Wirft einfach ein Schaufenster ein. Glaubt der, dass ich auf Chaoten stehe? Der spinnt, der ist verrückt, wer weiß, was der sonst noch alles macht. Ihr müsst den Kerl aus dem Verkehr ziehen! Sofort!«

Annas Ärger bahnte sich einen Weg über den Smartphone-Äther, nutzte Verstärkermodule und Relaisstationen, füllte das Mobilfunknetz, wurde abgehört, digital gespeichert, von in- und ausländischen Nachrichtendiensten automatisch auf Selektoren, also auf Suchmerkmale und Terrorverdacht hin sequenziert und analysiert, bis er derart geprüft, gebündelt, kanalisiert und ausgewertet, aber in seiner Schärfe nicht im Geringsten abgemildert, direkt in Konrad Zeils Schlafzimmer im Münchner Norden eindrang. Nur mühsam gelang es ihm, Anna wieder zu beruhigen. Ihre Wut, ihre Fassungslosigkeit war weniger der zerstörten Auslage des Schokoladengeschäfts zuzuschreiben. Zu einem großen Teil war sie der kompletten Fehleinschätzung ihres neuen Bekannten und den unmittelbar daraus resultierenden Selbstvorwürfen geschuldet.

Anna war irgendwohin gerannt, hatte Übersicht und Orientierung verloren, sich wieder gefasst und nach einem Straßenschild Ausschau gehalten. Goethestraße. Sie wusste wieder, wo sie sich befand. Zum unauffällig langsam Gehen hatte sie sich zwingen müssen, als in gebührender Ferne das Blaulicht eines Einsatzwagens der Polizei vom Steinplatz her auftauchte.

Das Fahrzeug fuhr – zu ihrer Erleichterung - an ihr vorüber. Die Tafel Schokolade mit achtundziebzigkommafünfunddreißig Prozent Kakaoanteil hatte sie noch in der Hand, als sie die Schnellwahltaste drückte und Konrad Zeils Traum beendete.

2

Das nächtliche Telefonat mit Anna hatte ihn lange nicht einschlafen lassen. Er war wach gelegen, hatte gegrübelt, nachgedacht über Anna und darüber, was er hätte anders machen können, anders machen müssen, um sie dazu zu bewegen, bei ihm in München zu bleiben. Er fand nichts. Sie hatte sich vor zwei Jahren dafür entschieden, ihre Karriere voranzutreiben. Die Verlagerung der Zentrale der STRANGE AG von der Landes- in die Bundeshauptstadt hatte sie dazu genutzt, ins Change-Management des Konzerns zu wechseln und war für ihre Loyalität und ihr außerordentliches Engagement mit Führungsverantwortung, einem Aufstieg in der Firmenhierarchie, einer Siebzigstundenwoche und den üblichen Statussymbolen des Erfolgs belohnt worden. Worin der Sinn von Annas Arbeit lag, hatte Zeil nie verstanden - obwohl sie es ihm in seiner, wie sie meinte, »berufsbedingten Begriffsstutzigkeit« zu erklären versucht hatte. Sie würde den »change coachen«, also strukturelle Veränderungen innerhalb des Konzerns als Beraterin begleiten, auf der Metaebene sozusagen. Er hatte kritisch nachgehakt, hatte sie provoziert mit der Bemerkung, dass sie das alles mit dem Hintergedanken weiterer Rationalisierungen und dem Blick auf den Aktienkurs ihres Konzerns veranstalten müsse, und wie viele der gesuchten Fachkräfte und älteren Mitarbeiter es denn diesmal seien, die sie zur Arbeitsagentur schicken würde. »Nur die underperformer«, hatte sie geantwortet, »die schwächsten zehn, vielleicht fünfzehn Prozent.« Zeil hatte insistiert und sie gefragt, ob sich nicht eh alles von selbst verändern würde, durch die Umstände, durch das Leben an sich, ob sich Firmen nicht sowieso andauernd anpassen müssten an sich ändernde Nachfrage- und Konsumgewohnheiten, an globalisierte fluktuierende Märkte, an Konkurrenten aus Fernost. Sein ketzerisches Gehabe könne er bleiben lassen, hatte sie gemeint, denn ab einer bestimmten Firmengröße sei nichts mehr einfach, und ein Konzern wie ihrer - ja, sie sah ihn als ihren eigenen an — sei mit mehreren Tausend Mitarbeitern nicht mehr wie ein Tante-Emma-Laden zu führen, und der stattfindende Wandel wolle effizient gemanagt werden. Sie hatte den Vergleich gezogen mit einem voll beladenen Öltanker auf hoher See, der schnellstmöglich einen anderen Kurs einschlagen müsse, um angreifenden Piraten zu entgehen. Hatte auf die Schwerfälligkeit des Beamtenapparates verwiesen, über die er sich doch selbst so aufrege. Dies hatte er verstanden, aber ihre Begeisterung für Berlin, ihre jobfixierte Euphorie konnte er nicht nachvollziehen. Komplett fremd gewesen war ihm ihre selbstverständliche und sofortige Bereitschaft, zum Wohle ihrer Firma alles Private liegen und stehen zu lassen, ihn und ihre nun doch schon eineinhalb Jahre dauernde Beziehung, ihren Freundes- und Bekanntenkreis und alles, was damit zusammenhing, aufzugeben. Sie müsse sich den bietenden beruflichen Herausforderungen stellen, meinte sie, sie gebe ja nichts auf, ihre gewohnten Kontakte würden sich nur etwas ins Virtuelle verschieben. So eine Chance bekäme sie nie wieder. Er könne es sich ja überlegen, nachzukommen. Ein halbes Jahr lang war es ihnen noch gelungen, eine Art Fern- und Wochenendbeziehung zu führen, dann nahm die Arbeit überhand. Sporadisch blieben sie in Kontakt, ein Anruf wie dieser war typisch für Anna. Zeil lag wach und fühlte sich wie betäubt. Sein Körper gehorchte ihm nicht, er konnte keinen Muskel rühren.

Irgendwann musste er doch noch eingeschlafen sein. Gerädert von der kurzen Nacht quälte sich Zeil um zehn nach sechs aus dem Bett, duschte kalt, dann heiß und noch einmal kalt. Die Tasse dieser schwarzen Brühe, die er pflegte Kaffee zu schimpfen, trank er im Stehen, bevor er sein Mountainbike mühsam wie einen Dreitausender erklomm, um auf der Fahrt in seine Dienststelle buchstäblich in die Gänge zu kommen. Für die Strecke von der heimischen Situlistraße in Freimann bis zur Mordkommission in der Bayerstraße direkt gegenüber dem Südausgang des Hauptbahnhofes brauchte er etwas mehr als eine halbe Stunde. Es gab Tage, an denen er schneller unterwegs gewesen war, der fehlende Schlaf forderte seinen Tribut. Ecke Ungerer- und Schenkendorfstraße hätte er beinahe das Nachsehen gehabt gegenüber einem rechts abbiegenden Sattelzug. Der Fahrer legte gerade noch eine Vollbremsung hin. Das einschießende Adrenalin machte Zeil jetzt vollends wach. Der Rest des Weges über Münchner Freiheit, Leopold- und Ludwigstraße, Altstadtring, Stachus und Hauptbahnhof war kein Problem mehr. Das sonnige Wetter Anfang Mai war ideal, um das Fahrrad zu nehmen. Er liebte es, früh unterwegs zu sein, wenn die Stadt langsam aus den Federn kroch, sich frisch machte für den bevorstehenden Tag, Händler ihr Gemüse, ihre Blumenstände herrichteten, Straßencafes verlassen dalagen und noch keine Studenten unterwegs waren, die ansonsten die Radwege verstopften. Mit dem morgendlichen Gefühl sportlicher Betätigung und der Vorstellung, den eigenen wie den berufsbedingten Ansprüchen körperlicher Fitness gerecht geworden zu sein, kam Zeil auf seiner Dienststelle an.

Zeil hasste es, Berichte zu verfassen. Den ganzen Vormittag und einen guten Teil des Nachmittags war er damit beschäftigt, Sachverhalte zu schildern, Begebenheiten, Ereignisse, Schicksale auf Fakten, noch mehr Fakten, und weitere beschissene Fakten zu reduzieren, wie das ein Journalist einmal für sich und sein Magazin beanspruchte. Dabei war das seine eigentliche Arbeit, die Arbeit eines Kriminalhauptkommissars, na ja, eigentlich jedes Polizisten, wenn er nicht gerade Streife fuhr oder sonst im Außendienst unterwegs war. Berichte schreiben – und zwar so, dass jeder Satz, ja jedes einzelne Wort gerichtsfest wurde, also vor Gericht Bestand hatte und ihm nicht bei einer seiner Zeugenaussagen von einem vorwitzigen Verteidiger im Mund herumgedreht wurde. Das hieß, keine Vermutungen, keine Hypothesen, keine Mutmaßungen – so war es ihnen schon auf der Polizeischule eingetrichtert worden.

»Das ist keine Märchenstunde hier, Zeil«, schrie der Ausbilder, wenn es seiner Polizeianwärterprosa mal wieder an Präzision fehlte. Oder es wurden zur Erheiterung des ganzen Ausbildungszuges gleich ganze Passagen vorgelesen.

»Was haben Sie beobachtet? Es interessiert keine alte Sau, was Sie sich denken, Zeil. Sie sollen nicht denken, gewöhnen Sie sich das gleich ab, Zeil. Sie wollen doch Beamter werden, oder? Vor Gericht zählt später auch nicht Ihre persönliche Meinung, die behalten Sie mal schön für sich. Da zählen nur die nackten Tatsachen, unumstößliche Fakten und Belege, am besten schriftliche.«

Kolleginnen und Kollegen des Ausbildungszuges hatten ihm ob seiner legendären Vorliebe für anfallende Schreibarbeiten den Spitznamen »Zeile« verpasst. Wie originell. Trotzdem war er unter den Besten seines Jahrganges und bekam die nötigen Empfehlungen für die Aufstiegslehrgänge in den gehobenen Dienst. Der Name war hängen geblieben und hatte auf für ihn schleierhafte Weise seinen Weg über alle bisherigen Dienststellen auch ins Kommissariat 5 des Dezernats für Gewaltdelikte im Münchner Polizeipräsidium gefunden.

Zeil war zur Polizei gegangen, weil das die beste Möglichkeit war, auch nach der Schule Sport treiben zu können, und dafür sogar noch bezahlt zu werden. So hatten es die Kontaktbeamten auf der Veranstaltung zur beruflichen Orientierung an seiner Realschule zumindest gesagt. Daran, dass Berichte schreiben auch nur ansatzweise erwähnt wurde, konnte er sich beim besten Willen nicht erinnern. Die »Tatort«-Reihe im Fernsehen hatte diesen Aspekt seiner Arbeit ebenso vernachlässigt. Derart gemütlich, wie bei den Zigarre rauchenden, singenden und Mundharmonika spielenden Hamburger Kommissaren, war seine eigene Arbeit nie gewesen. Wie hießen die zwei gleich noch mal? Oder »Schimmi« aus dem Ruhrpott? Schlägereien, Currywurst und ständig wechselnde Weibergeschichten. Das waren seine Helden damals. Die Realität seines Berufes hatte ihn schnell auf den Boden der Sachverhalte gebracht. Wer bei der Polizei den Helden spielte, war schneller tot als eine Eintagsfliege in der Mikrowelle.

Der andere Grund, zur Polizei zu gehen, lag ein paar Jahre weiter zurück und hatte mit seinem enttäuschten Gerechtigkeitsempfinden zu tun. Er war, so glaubte er noch als achtzehnjähriger Polizeianwärter, mit zwölf Jahren von einem Geschäftsmann hintergangen und über den Tisch gezogen worden. Als siebenundsiebzig die Plakate hingen. Fahndungsplakate. Und er um die fünfzigtausend Mark geprellt wurde, die ihm zugestanden hätten. Na ja. An sich waren es nur fünfundzwanzigtausend. Sie waren ja zu zweit gewesen.

Sommerferien. Jan und er, die Zwei-Ausrufezeichen- Detektive. Den kleinen gelben Renault mit dem französischen Kennzeichen, der vor dem Hotel Sonne stand, beobachteten sie bereits seit drei Tagen. Jan wohnte gleich ums Eck, und er, Konrad, hatte die alte Agfa-Optima seines Vaters mit eingelegtem 36er Diafilm dabei. 100 ASA − also von der Lichtempfindlichkeit her ganz okay. Die beiden Terroristen, ein Mann und eine Frau - es konnten nur Terroristen sein, Jan und er waren sich da einig, denn warum hätte ein circa zwanzig- bis dreißigjähriges französisches Pärchen zum Urlaub ausgerechnet in ihre Kleinstadt kommen sollen − die beiden jedenfalls waren auffällig unauffällig, häufig unterwegs und schauten irgendwie so aus wie auf den Plakaten. Jan und er legten sich auf die Lauer, die fünfzig Riesen waren ihnen sicher. Den Wagen selbst hatten sie bereits mehrfach geknipst. Doch wie sollten sie das Terrorduo auf Zelluloid bannen, ohne dass es auffiel oder gar gefährlich wurde? Sie einigten sich auf einen Plan.

Pläne schmieden war Jans Ding. Er hatte es sogar geschafft, einen Plan zu entwerfen, gemäß dem er einen unterirdischen Gang graben wollte, der aus dem Kinderzimmer im ersten Stock seines Elternhauses bis in die Kanalisation auf der Straße führte. Als Zwei-Ausrufezeichen-Detektiv brauchte er unbedingt einen geheimen Fluchtweg, um sein Zimmer unerkannt verlassen und betreten zu können − was er dann allerdings in der Kanalisation wollte, blieb schleierhaft. Sein Vorhaben, jenen Geheimgang anzulegen, war letztendlich daran gescheitert, dass er sich dazu auch - für alle unsichtbar und unhörbar - durch Stahlbeton und durch das unter seinem Zimmer liegende elterliche Wohnzimmer im Erdgeschoß hätte graben müssen. Ansonsten war der Plan genial.

Der neue Plan, das RAF-Duo zu überführen, musste von einem ganz anderen Kaliber sein. Das waren Profis, es durfte nichts schief gehen und niemand gefährdet werden. Nicht die fast schon taube und bestimmt vollkommen ahnungslose Eigentümerin des Hotels mit ihrem Kläffer, einem Spitz, der immer nach den Bratwürsten der Hotelküche geierte, obwohl Hunde an sich nicht geiern können, oder? Geier müssen geiern, es liegt ihnen im Blut, ist ihre Bestimmung, ihr Beruf - denn sonst hießen sie einfach irgendwie anders. Doch ausgerechnet dieser Hotel-Köter zog gekonnt seine ebenerdigen Kreise und stieß springend bei jeder leichtsinnigen Bratwurst zu. Die beiden mussten aus der Schusslinie, die Hotelfrau und der Geierspitz, und erst recht Jan und er.

Der Plan war genial einfach, deshalb würde er auch bestens funktionieren. Er, Konrad, sollte so tun, als ob er Urlaubsfotos von Jan vor dessen Elternhaus aufnehmen würde, und zwar rein zufällig dann, wenn die beiden Verdächtigen das Hotel bereits verlassen hätten und gerade mit dem Auto an ihnen vorbeifahren würden. Jan würde im entscheidenden Augenblick zur Seite springen, er auf den Auslöser drücken, der Beweis wäre erbracht und sie könnten sich die fünfzigtausend Eier teilen. So weit der Plan.

Alles klappte perfekt. Jan sprang, und er hatte zwei Bilder im Kasten. Bewegliche Objekte sind nicht einfach abzulichten, zumal mit einer Agfa Optima, das musste auch Jan zugeben. Aber Jans Plan und der Stunt hatten alles getoppt. Fast hätten sie sich dann noch über die Verteilung der fünfzigtausend Mäuse zerstritten, schließlich blieb es bei halbe-halbe, so wie ausgemacht. Gemeinsam brachten sie den Film zum Fotografen. Am nächsten Tag sollten die Bilder fertig sein.

Die angeblichen Franzosen suchten das Weite. Das RAF-Pärchen musste die Fotofalle wohl registriert haben, denn die beiden tauchten seit der Aktion nicht mehr auf. Allerdings tauchten auch die Beweisfotos nicht mehr auf. Der Fotograf behauptete, der Film wäre komplett schwarz gewesen und er hätte ihn weggeworfen. Jan und er glaubten ihm kein Wort. Als sich der Fotograf ein dreiviertel Jahr später ein Geschäftshaus am Marktplatz in allerbester Lage zulegte, war ihnen klar, woher die Anzahlung stammte. Doch was hätten sie als Zwölfjährige gegen einen angesehenen Geschäftsmann schon ausrichten können? Einige Jahre später begann Jan auf Lehramt zu studieren und er, Konrad Zeil, ging zur Polizei.

Das Telefon riss Zeil aus seinen Tagträumen, in die er beim Berichteschreiben gerne fiel.

»Ihr habt einen Einsatz. Draußen in Haching,

22

Rainstraße 38, Hochparterre, Kollegen sind vor Ort. Zwei Opfer, männlich und weiblich, vermutlich ein 211er oder 212er. Beeilt euch.« Also Mord oder Totschlag, wie die vom Tagschichtleiter des Kriminaldauerdienstes genannten Paragraphen des Strafgesetzbuches vermuten ließen. Den Bericht würde er auf den letzten Drücker fertig schreiben, kurz bevor ihm sein Vorgesetzter oder schlimmer noch der QM-Beauftragte auf die Füße traten. Jetzt musste er die Ermittlungsmaschinerie in Gang bringen und auf Hochtouren beschleunigen, das hatte oberste Priorität. Zeit war alles. Die ersten vierundzwanzig Stunden waren für ihre Nachforschungen entscheidend. Solange Spuren noch frisch und heiß waren, musste personalintensiv in alle Richtungen ermittelt werden.

»Gemeldet sind dort ein Gunther Willms, einundvierzig, seine Frau Karin, neununddreißig, sowie ihre achtjährige Tochter Lea«, sagte der Kollege.

»Was ist mit dem Mädchen?«, fragte Zeil.

»Die Meldung kam gerade erst rein. Von einem Mädchen war nicht die Rede. Wir wissen noch nichts, beeilt euch.«

3

BERLIN
NACHT VON DIENSTAG AUF MITTWOCH

Anna hatte in der Hardenbergstraße Richtung Bahnhof Zoo ein Taxi angehalten. Sie stieg in den Fond und nannte dem Fahrer ihre Adresse am Paul-Lincke-Ufer, direkt am Landwehrkanal in Kreuzberg. Der redselige Taxifahrer startete mehrere Versuche, sie in ein Gespräch zu verwickeln, gab aber auf, als er merkte, dass die schwarzhaarige Frau auf dem Rücksitz seines Wagens nicht antwortete und gedankenverloren aus dem Fenster starrte.

Anna versuchte das eben Geschehene zu verarbeiten. Es passte nichts zusammen. Nie hätte sie sich vorstellen können, dass dieser smarte, gut situiert wirkende, Anfang bis Mitte fünfzig Jahre alte Mann, der sich ihr in der Jazzkneipe vorgestellt hatte – seinen Namen wollte sie gleich aus ihrem Gedächtnis verbannen - derart verhalten würde. Was hatte ihn dazu veranlasst, das Schaufenster dieser Edelschokoboutique einzuwerfen und ihr eine Tafel Schokolade zu stehlen? Und dann noch ihre Lieblingssorte. Einerseits amüsierte sie der Vorfall - es war lange her, dass sie etwas derart Verrücktes erlebt hatte. Andererseits war ihr die Sache mehr als nur peinlich und auch etwas unheimlich. Dass er eine Tafel Schokolade mit genau ihrem Prozentanteil Kakao aus der Auslage des Ladens gefischt hatte, mochte Zufall sein, doch so recht konnte sie nicht daran glauben. Falls es ihm darum gegangen war, sie mit dieser Aktion zu beeindrucken, Glückwunsch, das war ihm gelungen. Allerdings nicht mit dem gewünschten Resultat. Ein auch nur annähernd romantisches Gefühl wollte sich bei ihr nicht einstellen. Der Typ war krank, ganz klar. Es war Anfang Mai, und die Demos am Ersten waren friedlich verlaufen, aber hatte er es deshalb nötig, einen mittleren Privatkrawall anzuzetteln? Steckte männliches Imponiergehabe dahinter? Oder ein überschäumender Ausbruch in Wallung gebrachter Frühlingsgefühle, ein verzweifelter Versuch eines alternden Mannes, auf sie spontan und jugendlich zu wirken? Falls er das erreichen wollte, war er definitiv über sein Ziel hinausgeschossen. Dabei war er ihr anfangs durchaus sympathisch gewesen, und sie hätte es sich gut vorstellen können, ihn näher kennen zu lernen. Aber nach dieser irren, gewalttätigen Aktion verzichtete sie gerne auf seine nähere Bekanntschaft. Ein Mann – und wenn er noch so gut aussah –, der seine Impulse nicht annähernd unter Kontrolle zu haben schien, kam für sie definitiv nicht in Frage. Seine Motive waren ihr schleierhaft, aber das war inzwischen egal, sie war nicht seine Therapeutin.

Anna war Juristin im Change-Management ihrer Firma, und das Letzte, das wirklich Allerletzte, was sie jetzt brauchen konnte, war es, eine Klage an den Hals zu bekommen. Noch dazu wegen einer derart verrückten Sache. Der Typ – für sie war er jetzt nur noch »der Typ« – hatte sich strafbar gemacht. Sachbeschädigung. Diebstahl. Aber war sie jetzt der Beihilfe schuldig? Strafrecht war nie ihr Ding gewesen im Studium, eher Wirtschafts- und Arbeitsrecht. Die Schokolade hatte sie, obwohl es ihre bevorzugte Sorte war, in den Rinnstein fallen lassen, als sie in das Taxi stieg. Beweise beseitigen.

Konrad war keine große Hilfe gewesen, verschlafen, wie er am Telefon geklungen hatte. Ihr Ex hatte – typisch Bulle – gemeint, sie solle auf die bestimmt bald eintreffenden Polizeibeamten warten und sich als Zeugin zur Verfügung stellen. Wo der seinen Verstand hatte um halb drei Uhr morgens? Ausflüchte würden nichts bringen, sie würde in Erklärungsnöte kommen, stünde sie vor der zerbrochenen Scheibe des Schokoladengeschäftes, mit einem Exemplar ihrer Lieblingsmarke mit achtundziebzigkommafünfunddreißig Prozent Kakaoanteil als Beweismittel noch in der Hand und würde Konrads Berliner Polizeikollegen die Geschichte von dem gut aussehenden unbekannten großen Mann erzählen.

»Soso, junge Frau, ein großer Mann? Friedrich der Große vielleicht? Ham´se in der Schule aufjepasst, wa? Potsdam, Sanssouci, wa? Alter Preuße. Wie viele Bierchen ham´se denn schon heute Abend? Und jetzt noch Lust auf Schokolade bekommen, oder? Kommen´se ma mit!«

Das wäre die wahrscheinlichste Reaktion der Beamten. Erst mal beruhigen, deeskalieren, wie das auf

Sicherheitsneudeutsch so schön hieß, und dann? Eine Ausnüchterungszelle auf dem Revier wäre die günstigere Variante. Die schlechtere wäre eine Einlieferung ins Urban, der psychiatrischen Klinik in ihrem Viertel, eine Beruhigungsspritze oder sedierende Medikamente und ein beige gepolsterter Raum für sie alleine.

Warum war sie vor zwei Jahren aus München weg gegangen, fragte sich Anna. War es das wert gewesen? Ihre Karriere, ihr Aufstieg ins Change-Management? Gut, sie hatte die Position bei der STRANGE AG erreicht, auf die sie lange hingearbeitet hatte. Ihr Durchsetzungsvermögen hatte sie dahin gebracht, gegen Konkurrenten, gegen männliche Seilschaften. Sie war stolz auf ihre Beharrlichkeit und Eloquenz, die ihr die entscheidenden Türen geöffnet hatten. Sie hatte viel investiert, Zeit, Freizeit vor allem, war fast täglich länger geblieben als die anderen, hatte es geschafft, bei den relevanten Meetings mit am Tisch zu sitzen und dafür zu sorgen, dass ihre Arbeit von den richtigen Menschen wahrgenommen und geschätzt wurde. Ihre Arbeit bestand mittlerweile darin, gut zu präsentieren und sich strategisch positionieren zu können, ihre Arbeitsgruppe dazu zu bringen, eine außerordentliche Performance hinzulegen und den aufstrebenden Führungsnachwuchs möglichst auf Abstand zu halten, indem sie tatsächlich zu erledigende Aufgaben umfassend delegierte. Führungsverantwortung übernehmen, rasche Entscheidungen treffen, nebensächliche oder unlösbare

Projekte ablehnen oder anderen Mitarbeitern zu übertragen, hatte sie erst mühsam lernen müssen.

In einer Phase beruflicher Stagnation hatte sie sich coachen lassen und entsprechende Seminare besucht. Bei einer dieser Veranstaltungen hatte sie Konrad kennen gelernt. Er war mitten in seiner Führungsbewährung bei seinem Aufstieg zum Hauptkommissar. Auch er suchte externe Unterstützung und investierte Freizeit in Angebote, von denen er hoffte, dass sie ihn beruflich weiterbringen würden. »Möglichkeiten und Grenzen eloquenten Schweigens im Führungsalltag« hieß das Seminar, das sie gemeinsam besuchten. Cornelia von Allmau, die Leiterin der Veranstaltung in dem Wiesbadener Tagungshotel, hatte Konrad auf dem Kieker. Das gewöhnliche Schweigen bekam er mit am besten hin. Doch schon die Steigerungsformen - das eisige Schweigen und das versteinerte Gesicht - wurden mit dem Killerblick Cornelia von Allmaus gnadenlos gekontert. Konrads umständlicher Versuch, Missbilligung mit dem Heben einer Augenbraue auszudrücken, geriet ihm zum Flirt mit Anna, bis sie beide ob der absurden Situation und sehr zum Leidwesen von Frau von Allmau in Lachen ausbrachen.

Am Abend lud Konrad sie auf ein Glas Rotwein in der Hotelbar ein, er selbst sei eher ein Weißbiertrinker, sagte er. Sie lachten über andere Seminarteilnehmer, Coaches, Trainer und andere Selbstfindungs-Gurus im Allgemeinen, über von Allmau im Speziellen, und schon mit Tränen in den Augen über ihre eigenen unbeholfenen Versuche der beruflichen Selbstoptimierung.

Konrad wirkte auf Anna wie ein Zen-Mönch auf dem Oktoberfest, verwundert ob des Trubels und dabei die Gelassenheit in Person. Ein Keuschheitsgelübde hatte er allem Anschein nach nicht abgelegt. Sein Interesse an ihr war offensichtlich und seine Annäherungsversuche empfand sie als charmant und alles andere als unbeholfen. Ihr gefiel seine unkomplizierte Art und seine Fähigkeit, nicht alles allzu ernst zu nehmen, am wenigsten sich selbst. Anna lebte einige Zeit schon ohne feste Beziehung, da kam ihr diese trainierte Polizistenschulter gerade recht. Mal sehen, wie es sich entwickeln würde. Gegen Ende der Seminarwoche waren sie zusammen.

Das Taxi hatte vor ihrer Haustüre angehalten. Anna hatte ihr Ziel erreicht, den geforderten Fahrpreis rundete sie großzügig auf. Froh und erleichtert, daheim angekommen zu sein, stieg sie aus. Der Mercedes beschleunigte und verschwand ein Stück weiter ums Eck in die Ohlauer Straße, um auf seiner Fahrt in die Nacht andere, gesprächigere Fahrgäste aufzulesen.

Bevor sie die Haustüre aufschloss, blickte sich Anna noch einmal um, hinüber auf die andere Seite des Landwehrkanals, zum Maybach-Ufer. Ein Mann, an einem Baum lehnend, der in ihre Richtung blickte. Kurz nur tauchte er auf, im Scheinwerferlicht eines abbiegenden Autos, dann war der Beobachter im Dunkel verschwunden. Sie war sich sicher. Es war der

Typ aus der Kneipe. Der Verrückte, der die Scheibe eingeworfen hatte. Er kannte ihre Adresse. Es war das erste Mal, seit sie in Berlin lebte, dass Anna den Schlüssel ihrer Wohnungstür zweimal umdrehte, die Kette vorlegte und den Messerblock aus ihrer Küche mit ins Schlafzimmer nahm. An Schlaf war nicht zu denken.

4

MÜNCHEN / HACHING
MITTWOCH NACHMITTAG

Dass bei den Nachbarn etwas nicht in Ordnung war, wurde Frau Seewald klar, als es im Hausflur anfing, nach toter Katze zu riechen. Zwei Tage vorher hatten die Handwerker, die die neue Küche beziehungsweise das Bad einbauen wollten, bei ihr geklingelt, um nach dem Wohnungsschlüssel zu fragen. Trotz vereinbarter Termine standen erst die Arbeiter einer Sanitärfirma – ein Gas-Wasser-Installateur und ein gelangweilt auf seinem Smartphone herumspielender jüngerer Mann, vermutlich ein Hilfs- oder Zeitarbeiter - vor verschlossener Türe. Den beiden Mitarbeitern der Küchenbaufirma, die gegen Mittag eintrafen, erging es nicht besser.

Sich eine neue Wohnung zu kaufen, um dann die zum vereinbarten Termin erscheinenden Monteure zweier Handwerksfirmen unverrichteter Dinge wieder wegfahren zu lassen, kam Frau Seewald seltsam vor. Einen geschickten Handwerker ins Haus zu bestellen, war heutzutage nicht einfacher als ihre eigenen Bemühungen, als gesetzlich versicherte Rentnerin einen Facharzttermin gewährt zu bekommen. Dann der Gestank im Treppenhaus. Sie rief die Hausverwaltung an.

Drei Stunden später parkte Siggi – eigentlich Siegbert - Resch seinen Pickup vor dem Mehrfamilienhaus in der Rainstraße, draußen in Haching. Die Rainstraße stand heute gar nicht auf seinem Plan, aber die Hausverwaltung hatte das »facility management« informiert und die seinen Chef. Als fester freier Sub war Siggi zwar Unternehmer und sein eigener Herr mit freier Zeiteinteilung, aber wenn »Siggi´s 24h Garten- und Hausmeisterservice« – so stand es in Augenhöhe auf beiden Seiten seines Pickups - Aufträge seines Chefs und einzigen Auftraggebers nicht annahm oder schlimmer noch verbummelte, war er schneller weg vom Fenster als ein Fußballtrainer in der Bundesliga, nur ohne Abfindung. Heute hatte er die Biotonnen in seinem Zuständigkeitsbereich zur Leerung nach draußen gestellt, dann war er die erste der drei S-Bahn-Stationen angefahren, die er sauber zu halten hatte. Dort wartete Peter auf ihn, der ihm an den Bahnhöfen zur Hand ging und dafür das Flaschen- und Dosenpfand behalten durfte. Denn ohne ihn, Siggi, kam Peter nicht mehr an seine Schätze heran. Wie die alten Holzbänke, die durch verzinkte Gitterroste ersetzt worden waren, so waren auch die meisten Mülleimer verschwunden, in die man einfach alles hineinwerfen konnte. Es kamen die kantigen Mülltrennungsstationen, die ihm mit vier verschiedenen Einwurfmöglichkeiten die Arbeit erschwerten und ihn fast in den Wahnsinn getrieben hatten, da die Pendler nicht darauf achteten, was wohin gehörte, und er den Abfall nachsortieren musste. Die aktuelle Müllbehältermode setzte gar nicht mehr auf Trennung, stattdessen sorgte ein gewölbter Deckel dafür, dass die Wertstoffe nicht nass wurden. Sein Chef meinte, der Deckel wäre aus Sicherheitsgründen da, damit dort »der Taliban kein Bömbchen deponieren« könne, doch Siggi glaubte, dass diese Konstruktion einzig und allein dazu diente, Obdachlosen oder Flaschentauchern wie Peter das Leben schwer zu machen.

Siggi war gerade dabei, das Treppenhaus der Kanzlei Ramm, Schwert und Loss zu reinigen, als ihn der Anruf auf seinem fabrikneuen Vertrags-Smartphone erreichte, er solle doch noch kurz vor Feierabend bei Frau Seewald draußen in Haching in der Rainstraße vorbeischauen. Die fasele etwas von einer toten Katze, aber ein Zehner extra wäre schon noch drin für ihn. Extra war gut, extra hieß schwarz. Außerdem waren es meist ältere und wenig vermögende Hausbewohner, wie Frau Seewald, die wussten, was sich gehörte und auch mal an ein zusätzliches Trinkgeld dachten. Von den Mitarbeitern der Kanzlei war da nichts zu erwarten. Kein Dankeschön, kein Irgendwas. Es grüßte ihn gerade mal eine junge, noch unerfahrene Rechtsanwaltsgehilfin. Sie würde noch einiges an Härte von ihren Vorgesetzten lernen müssen, wenn sie in dem Job bestehen wollte. Resch nahm den Auftrag an.

Die Extrakohle konnte er gut gebrauchen. Trotz günstiger Flatrate schienen die Apps des neuen Phones höhere Kosten zu verursachen als die des alten, und der Pickup schluckte das Benzin schneller, als er fuhr. Der Kredit war auch noch nicht abbezahlt. Aber was sollte er machen? Wenn er mit irgendeiner Looser-Karre bei seinem Arbeitgeber auftauchte, bekam er keine Aufträge. Der Boss würde ihn nicht zu den Kunden schicken, wenn das Auto nichts hermachte.

»Zeige deinen Erfolg, dann bist du erfolgreich«, meinte sein Chef, der den ganzen Tag am PC saß, mit seiner Service-Homepage Aufträge im Süden Münchens akquirierte und dabei versuchte, billiger zu sein als die Konkurrenz. Außerdem liebte Siggi den amerikanischen Wagen schon alleine dafür, dass er höher sitzen durfte als alle anderen und ihm lästige Fußgänger, übermütige Fahrradfahrer und Besitzer armseliger japanischer Kleinwagen, respektvoll wie er meinte, ausweichen mussten.

Frau Seewald schien ihn bereits zu erwarten, denn sie öffnete ihm die Türe, bevor er bei ihr klingeln konnte. »Hallo, Herr Resch«, begrüßte ihn die Rentnerin. »Da stimmt etwas nicht bei den Nachbarn, die machen seit Tagen nicht auf, können Sie mal schauen? Es riecht außerdem so merkwürdig.«

Den süßlichen Geruch hatte Siggi beim Betreten des Hauses auch bemerkt. Das waren die eher unangenehmen, ekligen Seiten seines Jobs. Die angefahrene Katze, die sich zum Sterben in den Heizungskeller verkrochen hatte, oder die tote Ratte neulich in der Angerstraße.

»Vielleicht sind sie ja weggefahren und haben den Müll mit den Resten vom letzten Grillfest nicht raus getragen«, meinte der Hausmeister. »Ist meistens die Vergesslichkeit – du schaltest vor der Fahrt in den Urlaub noch schnell die Sicherungen aus – und der Kühlschrankinhalt fängt von selbst zu leben an ...«

Doch Resch konnte nichts finden, nicht im Treppenhaus, nicht im Heizungskeller oder bei den Mülltonnen. Frau Seewald drängte weiter:

»Ich sage Ihnen, da stimmt etwas nicht, Herr Resch.«

Nachdem Siggi erfolglos bei Familie Willms geklingelt hatte und er ausreichend Zeit damit verbringen durfte, auf ein wohl in der Schule von Kinderhand gestaltetes, bunt bemaltes, herzförmiges Türschild mit der Aufschrift »Hir wohnen Gunther + Karin + Lea« zu starren, ließ er sich - alleine, um Frau Seewald wieder etwas zu beruhigen - dazu überreden, die Leiter von seinem Pickup zu holen und einen Blick durch das Küchenfenster im Hochparterre zu werfen. Langsam stieg er die Leiter hoch.

»Krass! Wie im Film ...«, stammelte er.

Das Trinkgeld der vergangenen fünf Jahre hätte Siggi Resch gerne zurückgegeben und seinen kreditfinanzierten amerikanischen Pickup dazu, wenn ihm das Bild, das sich ihm beim Blick durch das Fenster bot, erspart geblieben wäre.

Er hätte den Auftrag in der Rainstraße nie annehmen dürfen, oder besser, er hätte heute Morgen gleich im Bett bleiben und sich krank melden sollen, nur um nicht hierher kommen zu müssen. Wunschdenken. Krank sein ist nicht drin als Subunternehmer,

Beamte konnten sich das vielleicht noch leisten, bei Angestellten war er sich da nicht mehr ganz so sicher. Siggi kotzte an die Hauswand und auf seine Leiter, bevor er sich dazu entschloss, das eben Erblickte mittels bislang wenig erprobter Fotofunktionen in Einsen und Nullen des Speichers seines Smartphones zu bannen. Dann erst wählte er den Notruf.

5

MÜNCHEN / HACHING
MITTWOCH NACHMITTAG

»Ziegler, Kommissariat 5«, meldete sich seine Kollegin, obwohl sie auf ihrem Smartphone mit Sicherheit sah, dass er dran war.

»Steffi, wir haben einen Einsatz«, sagte Zeil.

»Hi Konrad, ja, ich habe die Info auch gerade bekommen«, gab Steffi Ziegler, Kriminalkommissarin und seit ungefähr eineinhalb Jahren Zeils Kollegin, zurück, »bin schon auf dem Weg nach unten, beeil dich, Konrad.«

Typisch, dachte Zeil, als ob er trödeln würde. Wenn ihm auch die lästigen Schreibarbeiten nicht annähernd so flott und zügig von der Hand gingen wie manch anderem Kollegen in der Abteilung. War das das Bild, das hängen blieb? Dass er zu langsam sei, und man ihm sagen müsse, er solle sich beeilen? Dabei war klar, dass sie alle, das gesamte Team, bei einem Kapitalverbrechen wie dem jetzt anstehenden, zwei, drei Gänge höher schalten würden, insbesondere, wenn Kinder im Spiel waren. Sie würden alles geben, hundertfünfzig Prozent und mehr, auch nachts und am Wochenende. Wer hier nicht vollen Einsatz zeigte, nicht mit außerordentlichem Engagement und ganzem Herzen bei der Sache wäre, hätte es nie in die notwendigen Seminare und Fortbildungen, geschweige denn bis in ihre Abteilung geschafft. Dennoch, Steffi war eine Ausnahme, im positiven Sinne. Sie hatte Energie und ein Tempo drauf, dass er sich nur wundern konnte, wie sie das durchhielt. Steffi gehörte einer neuen Polizeigeneration an. Gerade mal achtundzwanzig, also siebzehn Jahre jünger als er, war sie mit dem elektro- und kommunikationstechnischen Schnickschnack, der ihr Leben bestimmte, aufgewachsen. Sie organizte, was immer es zum Organizen gab. Ihr Smartphone-Bildschirm-Eiirgendwas als Handy zu bezeichnen, wurde von Steffi als hoffnungslos vorgestrig mit Augenrollen oder abfälligem Stöhnen quittiert. Von vierundzwanzig Stunden am Tag war Steffi geschätzte dreißig »on«, die Nacht nicht mitgerechnet. Ständig erreichbar. Zeil konnte und wollte sich sein Leben so nicht vorstellen - einerseits. Andererseits war seine Kollegin in manchen Dingen den entscheidenden Tick schneller als die anderen. Bestens informiert und vernetzt - die Voraussetzungen, durchzustarten und Karriere zu machen. Jung und ehrgeizig, hatte Steffi alle Chancen dazu. Zeil musste sich eingestehen, dass dieser Zug für ihn abgefahren war. Seine beruflichen Ziele hatte er weitestgehend erreicht. Weiter oben in der Hierarchie nähme das Organisatorische und der lästige Schreibkram nur noch zu.

Das Team der Kolleginnen und Kollegen hatte sie beide — neben ihren je eigenen Spitznamen »Zeile« und »Ziege« — ob ihrer gemeinsamen Erfolge auch als

Duo mit dem Bandnamen »ZZ-Top« bedacht. Zu seiner Verwunderung fanden die Kollegen das originell und meinten, Zeil und Ziegler müssten sich nur noch Rauschebärte wachsen lassen. Manchmal hießen sie auch »ziemlich zickig«, wenn es mal wieder Zoff gab zwischen ihnen beiden. Bei »zickig« war die Zuordnung seiner Meinung nach eindeutig, obwohl Steffi das bestimmt anders sah.

Zeil schätzte und mochte seine jüngere Kollegin ob ihrer geradlinigen Art vom ersten Tag ihrer Zusammenarbeit an, auch wenn es ab und zu zwischen ihnen krachte. Nicht, dass er Steffi als Konkurrenz betrachtet hätte, aber einen diffusen Druck spürte er dennoch. Eine Art Anpassungsdruck. Als er auf seiner Dienststelle im Kriminalfachdezernat angefangen hatte, war es klar, dass er sich an den älteren und erfahrenen Kollegen orientieren würde, Kolleginnen waren noch die Ausnahme. Und heute? Es hatte sich viel verändert in den vergangenen zehn, fünfzehn Jahren in der Männerdomäne Polizei. Frauen hatten rasant aufgeholt, über Quotenregelungen milde gelächelt, mit Leistung und Erfolgen gepunktet und Männer wie ihn in vielen Dingen überholt. Vor allem da, wo die unterschiedlichsten Aufgaben gleichzeitig zu erledigen waren. Multitasking, Parallelverarbeitung, Kommunikation – der genetische Vorteil war unbestreitbar.

Zeil hatte den Eindruck, sich erneut anpassen zu müssen, an unausgesprochene Erwartungen seiner direkten Vorgesetzten, an latenten oder manifesten

Druck der obersten Leitungsebene. Anpassen diesmal an jüngere Kolleginnen und Kollegen, frisch von der Polizeiakademie oder der Fachhochschule, gesegnet mit der funktionellen Zuverlässigkeit und dem jeweiligen Tempo der neuesten Computergeneration, der Gewissheit und Selbstsicherheit, auf der Linie ihrer Vorgesetzten stets das Richtige zu tun. Ihre Stromlinienförmigkeit kam ihm unheimlich vor. Konzentration auf das Wesentliche, Besonnenheit, Erfahrung und eine eigene Meinung schienen nicht mehr zu zählen. Dinge in Frage zu stellen, Bedenken oder gar Zweifel am System zu äußern erst recht nicht. Für ihre weiteren Karrieren wäre eine derartige Einstellung sicher nicht förderlich und könnte leicht als Nestbeschmutzung ausgelegt werden. Fehler durften nicht passieren und schon gar nicht nach außen kolportiert werden, insbesondere dann, wenn ein Fall von öffentlichem Interesse schien und der Druck der Medien entsprechend hoch ausfiel.

Zeil traf Steffi unten bei den Zivilfahrzeugen. Den silbergrauen Audi hatte sie schon ausgewählt.

»Die Spusi ist vor Ort. Die ersten Fernsehfritzen allerdings auch«, sagte Steffi Ziegler. »Irgendeinen Idioten gibt es halt immer, der Infos, Bilder oder Videos an die Sender vertickt, bevor er die Polizei ruft.«

»Only bad news are glad news«, vermasselte Zeil den alten Spruch. »Jeder schaut, wo er bleibt. Für Exklusivmaterial gibt's schon mal 'nen Tausender. Der Nachbar, die Putzfrau, die haben heute doch alle ein Fotohandy und brauchen die Kohle.«

Ausnahmsweise brachte er heute für diese Art von Voyeurismus so etwas wie Verständnis auf.

»Glaubst du«, gab Steffi zurück, »das ist doch die große Ausnahme, dass da gezahlt wird, da geht es doch meistens nur darum, dass du derjenige bist, der das Video ins Netz gestellt hat. Da geht es darum, auf welchen Seiten dein Material dann auftaucht, wie viele Clicks du bekommst und ob in den Foren darüber geredet wird. Da geht es um Renommee. Einmal berühmt sein und dann auf Facebook ein paar tausend ‚friends‘ mehr zu haben als deine Kumpels.«

Mit aufgesetztem Blaulicht und Martinshorn kamen sie auch im Feierabendverkehr einigermaßen voran. Über Sonnen- und Blumenstraße, Isartor, Ludwigsbrücke, Rosenheimer Straße durch Haidhausen und die Salzburger Autobahn Richtung Süden bis zur Ausfahrt Taufkirchen brauchten sie nach Haching eine knappe halbe Stunde. Einwohner der kleinen, etwas versteckt liegenden Gemeinde hatten es ungefähr gleich weit nach Unter- beziehungsweise Oberhaching, ohne jedoch durch grölende Fußballfans oder den Lieferverkehr des Industriegebietes gestört zu werden. Auch die beiden Autobahnen waren kaum zu hören. Ideales, gutbürgerliches Wohngebiet im südlichen Münchner Speckgürtel, bei Föhn Bergblick inklusive. In die Rainstraße brauchten sie weitere drei Minuten.

Zu Zeils großer Genugtuung parkte Steffi den Wagen halb auf dem Gehweg und dennoch so präzise vor einen satellitenschüsselbestückten Kombi, dass er dem Fahrer gerne eine halbe Stunde beim Ausparken zugeschaut hätte. Auf dem Weg zum Haus begegneten sie den Journalisten, die in ihrer Informationsgeilheit wie lästige Stechmücken am Baggersee um sie herumschwirrten, schweigend und mit in speziellen Seminaren antrainierter Ignoranz. Obwohl der Umgang mit Medien mittlerweile zu ihrem Arbeitsalltag gehörte, besonders, wenn es um Mord, Totschlag oder andere zwischenmenschliche Tragödien ging, wunderte es ihn immer wieder, wie TV-Sender oder Zeitungsfritzen an ihre Informationen kamen. Steffi hatte recht. Zuträger gab es überall, und dass die Umstellung des Polizeifunks von der analogen auf die digitale Übertragung und die damit verbundene Abhörsicherheit immer noch auf sich warten ließ, war auch kein großes Geheimnis. Jeder lötkolbenbestückte Hobbybastler konnte ein altes Analogradio mit Widerständen, Kondensatoren und ein paar geübten Handgriffen so umbauen, dass sich der Empfangsbereich auch auf die von der Polizei genutzten Frequenzen erstreckte. Doch, statt ein funktionierendes Digitalfunksystem zu kaufen, ließ man es sich komplett neu entwickeln. Wirtschaftsförderung hatte eben eigene Spielregeln.

Zeils Blick fiel auf eine Leiter, die an der Hauswand lehnte. An den Geruch von Erbrochenem würde er sich nie gewöhnen.

»Da hat wohl jemand keinen Appetit mehr«, meinte Steffi. Ein Kollege in Uniform ließ sie beide ins Haus. Die Wohnungstüre im Hochparterre stand offen. Letztlich wussten sie nie, was sie an einem Tatort erwartete.

Der erste Eindruck ist der wichtigste. Das hatte schon sein mittlerweile pensionierter Polizeiausbilder und Lehrer gesagt: «Schießstand oder Blind Date, Tatort oder Rendezvouz. Alles das Gleiche. Der erste Eindruck. Wenn der nicht stimmt, kommst du nie zum Schuss.« Vereinfachung, die Reduktion auf das Wesentliche - auch eine Lebensphilosophie.

Die Fünfzimmerwohnung im Hochparterre war in Richtung Süden ausgerichtet. Die einzelnen Zimmer großzügig geschnitten, durfte sich alleine die Wohnfläche auf ungefähr einhundertzehn bis einhundertzwanzig Quadratmeter belaufen, schätzte Zeil. Durch das Panoramafenster des Wohnzimmers oder vom großzügigen Balkon aus hatte man einen grandiosen, unverbaubaren Ausblick in Richtung Berge. Wohnraumverdichtungen, wie in einigen Teilen der benachbarten Großstadt mittlerweile üblich, waren in diesem vorstädtischen, fast noch dörflichen Konglomerat aus kleineren Wohnanlagen, Ein- und Mehrfamilienhäusern sowie vereinzelten, sicher unter Denkmalschutz stehenden Bauernhöfen nicht zu erwarten. Noch zeigten Wohnungsbaugesellschaften und Investoren kein Interesse. Noch. Auf dem überhitzten Wohnungsmarkt wäre ein vergleichbares Objekt, wie hier in der Rainstraße, derzeit eine absolute Rarität.

Zurück zum Wesentlichen! Sein allererster Eindruck beim Betreten dieser Wohnung: Leere. Leerstand. Die Wohnung schien komplett leer zu sein — bis auf sie selbst natürlich, die Spurensicherung mit ihrem Equipment und den beiden Leichen. Also war die Wohnung doch nicht so leer? Der erste Eindruck blieb: Leere. Reine Leere. Entweder etwas ist leer, oder es ist nicht leer? Gibt es eine Steigerungsform von leer? Leerer? Die Widersprüchlichkeit dieses Gedankens nahm Zeil nur kurz in Beschlag. Dieses abgründig verzwickte Rätsel sollten Zen-Meister, Germanisten oder Grundschullehrerinnen in der Auseinandersetzung mit elterlichen Rechtsbeiständen lösen.

»Konrad, kommst du?« drängte Steffi. Zeil blickte in den Raum, der einmal die Küche gewesen war. Einbauschränke, Spüle, Herd und Kühlschrank, alles war abgebaut oder herausgerissen, ausgeräumt und wegtransportiert worden. Gegenüber von Steffi und dem Kollegen der Spusi, dort, wo der Mann am Boden lag, sah die Wand so aus, als hätte sich das Opfer verzweifelt in einem finalen Ausdrucksversuch abstrakter Kunst verewigt. Der Mann musste mehrmals versucht haben, sich an der Wand hochzuziehen. Ein vergebliches Unterfangen. Im eigenen Blut war er zu Boden gerutscht, anthropometrische Spuren eines gewaltsamen Todes hinterlassend. Yves »Le Monochrome« Klein in vergänglichem, nicht patentierbarem Schwarzbraunrot. Den Geruch sich zersetzender Körperflüssigkeiten versuchte Zeil erfolglos auszublenden.

»Was wissen wir?« fragte Zeil Baader, den leitenden Kriminaltechniker vor Ort.

»Die Wohnung war nicht aufgebrochen. Es hat sich niemand gewaltsam Zutritt verschafft. Opfer und Täter haben sich vermutlich gekannt. Genaueres können wir aber erst nach der detaillierten Auswertung der Fotos und DNA-Spuren sagen. Stumpfe Gewalt war bei dem Mann eher nicht im Spiel. Als Tatwerkzeug kommt ein sehr spitzes Messer oder ein Schraubenzieher in Frage. Das Opfer hier hat etliche Abwehrverletzungen. Er hat noch versucht, außer Reichweite zu kriechen, letztlich erfolglos. Die Frau im Bad wurde dem ersten Anschein nach erstickt. Da sind die Kollegen am Arbeiten. Das Weitere muss die Gerichtsmedizin klären.«

»Was meinst du, bis wann könnt ihr Genaueres zum Tathergang sagen?«

»Ein, zwei Tage wird´s schon dauern.«

»Wer sind die beiden? Habt ihr Unterlagen, Ausweise?«

»Papiere, Brieftasche, Handy – Fehlanzeige.«

»Also ein Raubmord, oder soll es nur so aussehen?« Zeil hatte halblaut vor sich hin spekuliert und nicht mit einer Antwort von Baader gerechnet.

»Zum jetzigen Zeitpunkt kann ich dir da gar nichts sagen, möglich ist alles, für Hypothesen und Motive seid ihr zuständig. Wir betreiben Wissenschaft, und das dauert. Bezüglich der Identität der beiden, frag doch mal die Kollegen von der Streife, die waren als erste hier und haben mit der Nachbarin und dem Hausmeister gesprochen, vielleicht wissen die Näheres.«

»Schauen wir erst mal ins Bad«, meinte Steffi. Dort waren weitere Beamte der Spurensicherung dabei, Fingerabdrücke zu sichern. Ob sie etwas Brauchbares finden würden, war fraglich. Die Kacheln waren abgeschlagen, Wanne, Duschkabine und Waschbecken fehlten. Bis auf die Kriminaltechniker in ihren Overalls und der Leiche einer etwa sechzigjährigen, vornehm gekleideten blondierten Frau war der Raum leer. Auf ein ähnliches Massaker wie bei dem Mann in der Küche hatten der oder die Täter verzichtet. Bezüglich der Todesursache des weiblichen Opfers würden sie den Bericht der Rechtsmedizin abwarten müssen, dachte Zeil. Nur eines war ihm zum jetzigen Zeitpunkt und mit einer gewissen Erleiterung klar: Alleine vom Alter der beiden Getöteten her konnte es sich nicht um die hier gemeldeten Gunther und Karin Willms handeln. Er durfte davon ausgehen, dass damit auch das Mädchen aus der Sache raus war. Blieb eine Frage: Um wen handelte es sich bei den beiden Mordopfern?

6

MÜNCHEN / HACHING
MITTWOCH NACHMITTAG

Diesmal ging es wirklich schnell. Die Buschtrommeln funktionierten einwandfrei, das musste man anerkennend sagen, in diesem halbexklusiven Wohnidyll am Rande der Großstadt. Müde und gereizt von den sich nur schleppend dahinziehenden Ermittlungen der Spurensicherung, hatte Zeil aus dem Fenster geblickt, hatte die Abfahrt des Leichenwagens beobachtet, der die beiden Getöteten in die Rechtsmedizin bringen würde, und sich dabei wieder einmal gewünscht, dass sein Leben in anderen Bahnen verlaufen wäre. Ein Leben ohne ständige Konfrontation mit Tod und Vergänglichkeit, ohne Bilder häuslichen Elends, die ihn nachts nicht schlafen ließen. Ohne Konfrontation mit seiner eigenen beschissenen Endlichkeit. Dem leicht untersetzten Mittfünfziger im grauen Anzug, der aus seinem Cayenne stieg, nachdem er ihn millimetergenau vor ihren Dienstwagen gesetzt hatte, maß er keine weitere Bedeutung bei.

Den grauen Anzug bemerkte Zeil erst, als er direkt neben ihm im Flur der Wohnung stand. Zeil herrschte ihn unvermittelt an:

»Was suchen Sie hier? Wer sind Sie überhaupt?«

Der graue Anzug stellte sich als Jens Aaalberg

»mit triple-A« und Hausverwalter der Wohnanlage vor. Zeil hatte sich beim Blick aus dem Fenster nichts weiter gedacht, da der Wagen nur allzu gut in diese Gegend passte. Fahrzeuge der gehobenen Klassen, Firmenwagen allerorten.

»Sehr bedauerlich, was hier passiert ist, aber ich muss mir einen Eindruck über den Zustand der Wohnung verschaffen«, sagte Aalberg. Ein Geschäftsmann, der es gewohnt war, seinen Willen durchzusetzen. Der Mann trat ihm vielleicht eine Spur zu bestimmt auf.

»Sie müssen überhaupt nichts, Sie stören laufende Polizeiermittlungen«, konterte Zeil. »Kommen Sie mit.«

Zeil eskortierte den Verwalter bis ins Treppenhaus. Das hatte ihm gerade noch gefehlt, dass ein Außenstehender den Tatort mit Spuren kontaminierte. Sie würden Aalberg bei der Bewertung der Spurenlage berücksichtigen müssen, sie brauchten eine DNA-Probe des Hausverwalters, auch wenn dieser nur kurz den Eingangsbereich der Wohnung betreten hatte.

»Wer ist da unten eigentlich zuständig, dass hier nicht jeder x-Beliebige reinmarschiert und am Tatort rumtrampelt«, schrie Zeil nach unten.

»Und nun zu Ihnen … Sie werden mir einige Fragen beantworten müssen. Woher wissen Sie überhaupt, was hier passiert ist?« Zeil war laut geworden und hatte sich erneut dem Hausverwalter zugewandt.

»Der Hausmeister, Herr Resch, hat mich sofort informiert, gleich nachdem er die Polizei angerufen hatte«, antwortete Aalberg.

»Was führt Sie dann so schnell hierher? Es ist doch eher ungewöhnlich, dass die Hausverwaltung derart zügig auf der Matte steht. Und wie haben Sie es überhaupt an dem Polizisten unten vorbei geschafft?«

Zeil war auf hundertachtzig, hatte sich in Rage geredet und starrte den Hausverwalter missmutig an.

Kleine unsichtbare Knöpfe, Hebel, Federn, Zahnräder, eine gut verborgene Mechanik halb bewusster Vorgänge waren bei Zeil in Gang gesetzt worden. Aalberg hatte diese Knöpfe gedrückt bei ihm, so viel war klar. Den Revierknopf, definitiv.

»Ich bin hier der Hausverwalter.«

»Das ist mein Tatort.«

Alpha-Rüden-Hundewiesen-Rumgekläffe. Auch den Beamtenknopf hatte er gedrückt, den vor allem.

»Du bist Beamter, Staatsdiener, Diener … - und ich bin freier Unternehmer, nicht an deine Gesetze, deine Bürokratie und Hierarchie gebunden.«

Zeil konnte sich mit dem imaginierten Dialog so sehr in seine projizierte Beamtenverachtung hineinsteigern, dass selbst Freud seine Freude daran gehabt hätte. Denn eigentlich war er stolz auf »seinen« Staat, oder war es zumindest einmal gewesen. Er glaubte an diesen Staat, glaubte manchmal noch an eine – wie auch immer geartete – soziale Marktwirtschaft, glaubte in seiner Nostalgie an das Versprechen einer besseren Gesellschaft, nicht nur für einige graue Anzüge. Glaubte, seinen Teil beitragen zu müssen, als Teil der Exekutive, glaubte an die Sicherheit, als Wert an sich, glaubte an das Gewaltmonopol des Staates, dessen Vertreter er war, glaubte an die »Klugheit des Grundgesetzes«, wie es so schön hieß, glaubte, dass man gelernt hätte, aus dunkleren Jahren.

Zeils Zweifel kamen in modisch geschnittenen grauen Anzügen daher. Kamen in Gestalt der Aaalbergs dieser Welt. Ihre Macht, ihr Erfolg und ihr Geld, in einer Welt, in der ausschließlich ihr Wille und ihre ganz eigenen, ökonomisch dominierten Vorstellungen zählten. Ihr Glaube an das »immer besser, immer schneller«, ihr Glaube an das stets Mach- und Optimierbare, an das Recht des wirtschaftlich Stärkeren, an unbedingten Konsum und rücksichtslosen Erfolg. Ihr Glaube an breite Autos und graue Anzüge. Zeil kannte diesen Knopf nur zu gut. Der Neid-Button, auf dem in großen, fetten Lettern »PUSH« stand. Einmal gedrückt, ließ er die Maschinerie seiner Vorurteile anlaufen und stetig beschleunigen, wenn er nicht aufpasste. Aaalberg jedenfalls war schwer einzuschätzen und mochte privat ganz anders drauf sein. Möglicherweise tauschte er in seiner Freizeit das graue Stück Stoff gegen eine Motorradkluft und schwang sich auf eine schwere Maschine, eine Harley vielleicht, oder eine BMW. Zeil durfte sich durch Äußerlichkeiten nicht täuschen lassen.

Dafür, dass in einer von ihm verwalteten Wohnanlage vor kurzem zwei Menschen gewaltsam zu

Tode gebracht wurden, blieb Jens Aalberg erstaunlich gelassen. Vermutlich hatte der Verwalter im Laufe seines Berufslebens schon etliche ungewöhnliche Situationen im Umgang mit anspruchsvollen Wohnungseigentümern, renitenten Mietern, unzuverlässigen Hausmeistern und unpünktlichen Handwerkern erlebt und auf gut neudeutsch »gehändelt«, dachte sich Zeil, um sich auf diese Weise seine als Unerschütterlichkeit daherkommende Professionalität, seine Kühle und geschäftlich wirkende Distanz zuzulegen.

»Ich habe Ihrem Kollegen gesagt, dass ich eine wichtige Aussage machen muss«, gab Aalberg als knappe Erklärung zurück. Mit dem Kollegen würde er noch reden müssen, dachte Zeil. Für das Erste war er zufrieden. Aalberg würde Rede und Antwort stehen, das verlangte schon sein Job, würde erklären können, warum Gunther Willms nebst Familie nicht mehr hier wohnte, wo sie hingezogen waren und vor allem, um wen es sich – aller Wahrscheinlichkeit nach - bei den beiden Mordopfern handeln könnte.

7

MÜNCHEN: / HACHING
MITTWOCH ABEND

Zeil und Ziegler hatten den restlichen Nachmittag bis in die frühen Abendstunden gebraucht, um weitere Befragungen in der Nachbarschaft durchzuführen. Während Zeil den Hausverwalter vernahm, sprach Steffi mit dem Hausmeister und mit den Kollegen der Streife, die als erste vor Ort gewesen waren. Sie hatten die Leitstelle informiert, den Tatort abgesperrt und schließlich Personalien aufgenommen. Mit Frau Seewald, der aufmerksamen Nachbarin, wollte Zeil sich noch einmal selbst in aller Ausführlichkeit unterhalten. Wahrscheinlich kannte sie die beiden Mordopfer persönlich und hatte mehr mitbekommen, als ihr selbst bewusst war.

Die ältere Dame stand sichtlich unter Schock, war bleich und zitterte. Sie könne es noch immer nicht glauben, dass so etwas Schreckliches in ihrem Haus passiert sei, ausgerechnet Herr und Frau Dr. Naumburg, die sich die Wohnung im Hochparterre gerade erst gekauft hätten. Man sei seines Lebens ja nirgends mehr sicher, wenn so etwas bei ihnen in der Rainstraße passieren könne. Und ausgerechnet die Naumburgs, freundliche, kultivierte und zuvorkommende Menschen. Herr Dr. Naumburg hatte ihr sogar

die Haustüre aufgehalten, als sie vom Einkaufen zu-
rückkam und sich und seine Frau gleich als die neuen
Wohnungseigentümer vorgestellt. Irgendetwas Ungewöhnliches, wie Schreie oder Lärm beispielsweise,
hätte sie in den letzten Tagen nicht bemerkt, sie sei ja
auch nicht mehr die Jüngste, meinte Frau Seewald,
das Sehen ginge noch, aber das Hören, das Hören.

Als wichtigstes Ergebnis der Zeugeneinverneh-
mungen des Hausverwalters und von Frau Seewald
konnten sie davon ausgehen, dass es sich bei den
beiden Toten um die neuen Wohnungseigentümer,
einen Dr. Jürgen Naumburg und seine Frau Helga
Naumburg, handeln musste. Zeil rief Burger, ihren
Vorgesetzten im Präsidium, und die Staatsanwaltschaft an. Sie brauchte jetzt mehr Leute, eine Soko,
das volle Programm. In der Rechtsmedizin veranlass-
te er die Identifizierung der beiden Leichen durch
einen Angehörigen. Der Hausverwalter hatte von
einem Sohn gesprochen, der bei einem der Besichti-
gungstermine ebenfalls mit dabei gewesen sei.

Ohne weiteres hatte Jens Aalberg - auf Zeils
Betreiben hin - eine Speichelprobe hinterlassen, die
von den Kollegen der Spurensicherung mittels Wattestäbchen aus der Mundhöhle des Hausverwalters
entnommen und gesichert wurde. Die Techniker der
Spusi würden um einiges länger arbeiten, so lange,
bis auch der letzte Hinweis vermessen und dokumentiert war. Brauchbare Indizien, die ihnen später helfen würden, nachzuweisen, wer sich am Tatort aufgehalten hatte und wer nicht, wer als Täter in Frage

kam oder gänzlich auszuschließen war. Beweise, die ihnen helfen würden, Verdächtige mit nicht abstreitbaren Tatsachen zu konfrontieren und im besten Fall, der freilich allzu selten eintraf, zu einem Geständnis zu bewegen. Er und Steffi wurden am Tatort nicht mehr benötigt.

Es hatte leicht zu regnen angefangen, als Steffi den Wagen startete. Auf der Rückfahrt in die Stadt informierten sie sich gegenseitig über ihre Gespräche mit dem Hausmeister, dem Hausverwalter und der Nachbarin. Steffi berichtete, dass sie noch mit einem weiteren Nachbarn, einem schlecht gelaunten Elektroingenieur gesprochen hatte, der spät von der Arbeit zurückgekommen war. Dieser hätte sich über unbezahlte Mehrarbeit und Überstunden aufgeregt und darüber, dass er wegen des Presserummels und der ganzen Absperrmaßnahmen beinahe nicht ins Haus gekommen wäre und er jetzt eigentlich Feierabend habe und seine Ruhe wolle. In den vergangenen Tagen sei er auf Kundenservice in Norddeutschland gewesen. Die Naumburgs kenne er nicht, und von einem Eigentümerwechsel habe er nichts mitbekommen, auch sonst sei ihm nichts Ungewöhnliches aufgefallen. Von ihm erfuhr Steffi immerhin, dass sich die Mieter der Wohnung über den Naumburgs auf einer dreiwöchigen Mittelmeerkreuzfahrt befanden.

»Was war los? Was hattest du gegen Aalberg?«

Steffi sprach Zeils barsches Auftreten gegenüber dem Hausverwalter noch einmal an, als es bergab in Richtung Isar ging und sie den Wagen an einer Ampel vor dem renovierungsbedürftigen Gasteig anhalten musste.

»Graue Anzüge, ich hasse graue Anzüge, das ist alles.«

»So leicht bist du aus der Fassung zu bringen?«

»Ist nicht mein Tag heute.«

»Das glaubst du doch selbst nicht. Aalberg ist Geschäftsmann, ob du mit ihm kannst oder nicht, sollte deine Arbeit nicht beeinflussen. Der Mann nimmt sich extra Zeit, eine Aussage zu machen. Er hätte genauso warten können, bis wir bei ihm vorbeischauen.«

Zeil antwortete nicht. Steffi warf ihm – als es wieder grün wurde - einen dieser wissenden Blicke zu, die alles bedeuten konnten:

»Zeil, du Arsch, was regst du dich unnötig auf, was ist los mit dir, kriegst du gar nichts gebacken ...«

Oder: »Ist ja gut, Junge, komm runter, mach schon ...«

Zeil entschloss sich dazu, dass die zweite Interpretation ihres Blickes die für seine Stimmung momentan verträglichere wäre. Insgeheim dankte er allen Polizeihaupt- und -nebengottheiten – sollte es sie denn geben – dafür, dass sie ihm Steffi an seine Seite gestellt hatten. Steffi, die seine Macken besser kannte als er selbst, die damit auch besser klar kam als Anna, seine Ex, und die ihm dadurch die ein oder andere Dienstaufsichtsbeschwerde und wenigstens ein Disziplinarverfahren erspart hatte.

»Kannst du mich bitte vor dem Schlonz absetzen«, bat Zeil Steffi auf dem Altstadtring. Seine Stammkneipe in Schwabing lag auf ihrem Nachhauseweg Richtung Milbertshofen, wo es Steffi irgendwie geschafft hatte, zusammen mit ihrem Mann eine der letzten, mit Polizistinnen- und Bandarbeitergehalt bezahlbare Vier-Zimmer-Wohnung Münchens zu ergattern und gemeinsam mit ihrem vierjährigen Leon ein von Schichtarbeit geprägtes Familienleben zu führen. Glücklicherweise hatte die Firma ihres Mannes einen stets ausgelasteten Betriebskindergarten, der an sieben Tagen die Woche eine vierundzwanzigstündige »Rund-um-die-Uhr-Betreuung« anbot. »No problem«, antwortete sie; den Rest der Fahrt verfielen beide in ein ermüdetes, schlecht gelauntes Feierabendschweigen.

Das Schlonz war seine private Kirche, sein Andachts- und Meditationsraum. Nirgends fühlte Zeil sich der Wahrheit näher, hier konnte er nach Belieben seine Zeit anhalten, innehalten, eins werden mit mystischen Segnungen obergäriger Biere. Hier traf er Jan, seinen besten Freund und Kumpel schon seit Kindheitstagen, den es ebenso wie ihn in die Großstadt verschlagen hatte und der ihn schweigen ließ, so wie er selbst ganz gerne schwieg. Hier fand Zeil die nötige Ruhe, selbst wenn die Kneipe gerammelt voll war, Gesprächsfetzen ihn einhüllten wie in einen warmen, gut gefütterten Wintermantel. Das im Dienst Erlebte, sein Tagesablauf, Befragungen, Verhöre, alles konnte sich setzen, langsam, wie der Schaum in seinem Weißbierglas.

Der milde Abendregen hatte sich im Laufe ihrer Fahrt zu einem beachtlichen Dauerregen entwickelt, dessen Ende nicht abzusehen war.

»Danke Steffi, Servus, bis morgen«, verabschiedete sich Zeil.

Steffis Antwort hörte er schon nicht mehr, als er die Tür des Wagens öffnete, ausstieg und die paar Schritte ins Schlonz sprintete, damit er nicht allzu nass wurde.

Die Kneipe hatte einmal bessere Zeiten gesehen. Der Name »Schlonz« war nicht Programm, hielt aber Schickis, Möchtegerns, Medientiere und Einwohner des südwestlichen Seenlandes auf geschickte Weise davon ab, mit ihren allradgetriebenen, geländegängigen Luxusfahrzeugen, deren Nummernschilder von Status, Standesbewusstsein und einem gewissen Starrsinn zeugten, mehr als zwei der Anwohnerparkplätze im Viertel zu blockieren. Studentisches Volk, Dart-Schützen, Schafkopfrunden, Schachspieler, Schwätzer, Schweiger, Einzeltrinker suchten und fanden im Schlonz eine Abendheimat jenseits der Fernsehprogramme. Vergleichbare Kneipen kannst du in München an einer Hand abzählen, hatte Jan einmal gesagt. Vielleicht gibt´s noch eine in Untergiesing, oder irgendwo verborgen in Sendling, im generalsanierten, gentrifizierten Westend bestimmt nicht mehr. Bei der aktuellen Pacht war seitens der Wirtin nicht an eine Renovierung zu denken, und dem Besitzer des Eckhauses schien es egal zu sein – von der um sich greifenden Modernisierungswut im Viertel blieb er als einziger unbehelligt, auch auf Angebote diverser ortsansässiger Gastroketten und amerikanischer Kaffee-Franchise-Unternehmen stieg er aus Prinzip nicht ein, hatte Dora Zeil einmal verraten.

Dora Brenner, die kleine, resolute Pächterin, kannte er jetzt schon ein gefühltes Vierteljahrhundert, und in ihrer Kneipe roch es immer noch so, als hätte das Rauchverbot einen großen Umweg eingeschlagen. Sie hatte damals das Verbot genutzt, um mit dem Qualmen aufzuhören, seitdem aber mindestens drei Rückfälle überstanden. Die Pausen dazwischen wurden immer kürzer, so dass sie das Nichtrauchen auch gleich hätte sein lassen können. Nicht, dass in ihrer Kneipe geraucht werden durfte, da hätte es ziemlichen Ärger mit dem schwarzhaarigen Energiepaket gegeben – die meisten gingen freiwillig nach draußen vor die Türe oder wurden von Dora auf eine gemeinsame Zigarettenlänge hinaus komplimentiert.

Jetzt, um kurz nach neun, war gut was los im Schlonz, es herrschte reger Betrieb, ein ständiges Kommen und Gehen, die Geräuschkulisse wurde auch durch den schweren Vorhang, der innen vor der Türe hing, kaum gedämpft. Dora hatte immer wieder Ärger mit Nachbarn, die einst des angesagten Nachtlebens wegen ins Viertel gezogen waren und die sich – ihrer gesellschaftlichen Position und Rechtsschutzversicherung gewiss - in der Nachtruhe gestört fühlen durften, weil ihnen beim Öffnen der Kneipentür zu viel Lärm mit nach draußen drang.

Jan saß an seinem Stammplatz.

»Servus« grüsste Zeil und stellte sich neben ihn an die lang gezogene Theke, nur um dann doch einen zweiten Barhocker zu sich heranzuziehen. Zeil wandte sich um, ließ seinen Blick an der hölzernen, hellgrün gestrichenen halbhohen Wandvertäfelung entlang gleiten. Er prüfte zufrieden die Zusammensetzung der heutigen Kundschaft an über Jahrzehnte hinweg gesprächsgetränkten Hartholztischen, grüßte den ein oder anderen Stammkunden mit einem kurzen Kopfnicken, um sich dann der dauerbeschäftigten Wirtin zuzuwenden.

»Dora, mach mir doch bitte ein Weißbier«, sagte er zu der Frau hinter der Theke.

»Hallo Zeil. Wie wär's erst mal mit − ‚hallo Dora, schön dich zu sehen, gut schaust du heute aus' − wo habt ihr Jungs nur eure Manieren? Kein Wunder, wenn's die Frauen nicht lange bei euch aushalten. Dir auch noch eins, Jan?«

»Logisch« war Jans Standardantwort seit einer dieser Achtzigerjahre-Vorabendserien.

»Servus, Zeil«, schickte er hinterher.

Dora stellte die beiden Weißbiere vor ihnen auf den Tresen und machte ihre Zeichen auf die Bierfilze. Heute würden noch einige Striche auf ihren Untersetzern landen, wusste Zeil.

Jan war einer der wenigen Menschen, mit denen sich gut schweigen ließ. Besonders nach anstrengenden Tagen, die einem die letzten Kräfte raubten, was man vor Kollegen oder gar Vorgesetzten aber nie zugeben würde. Tage, an denen sich neben der üblichen Routine alles häufte, was der Beruf so hergab. Berichte, Anfragen anderer Dienststellen per Email oder immer seltener am Telefon, Extrawünsche des Chefs, die keinen Aufschub duldeten, Vernetzungstreffen mit anderen Abteilungen, Gerichtstermine, Schießtraining und Qualitätsmanagement. Oder lag ihrem Schweigen eine »deformation professionelle«, eine berufsbedingte Wesensveränderung zugrunde, die sie schweigen ließ? Beide mussten sie von Berufs wegen reden. Zeil bei seinen Ermittlungen, den Zeugenbefragungen, den Verhören, dem kollegialen Informationsaustausch in den Dienstbesprechungen, bei Rapporten gegenüber dem Chef, bei Präsentationen oder Schulungen des polizeilichen Nachwuchses, bei den notwendigen Aussagen vor Gericht. Die Litanei konnte er beliebig verlängern.

Jan hatte es härter getroffen. Er hatte nach Abi und Zivildienst auf Grundschullehramt studiert, sein Notenschnitt, eben gut genug, um verbeamtet zu werden, aber doch nicht gut genug, auf dass sein Wunsch nach einer heimatnahen Stelle berücksichtigt worden wäre. So war auch er nach dem Studium in der Landeshauptstadt gestrandet, hatte seine Zeit als Lehramtsanwärter und die ersten Berufsjahre an einer Grundschule verbracht, erfolglos Versetzungsanträge gestellt, bis er als »Mobile Reserve« an einer Hauptschule eingesetzt wurde. Hier hatte es ihm besser gefallen, er hatte sich weiterqualifiziert, Seminare und Fortbildungen besucht, noch einmal Prüfungen absolviert, die ihn schließlich zum Unterrichten aller damaligen Haupt- und jetzigen Mittelschulklassen berechtigte. Sein damaliger Rektor, eine Seele von Mensch, so Jan, hatte ihn gerne an seiner Schule behalten.

Einige Jahre später ging sein Rektor in Pension. Mit zunehmender Erfahrung und jedem Schulleiterwechsel verschlechterte sich Jans Beurteilung um eine Stufe. Nicht, dass er unmotiviert gewesen wäre oder sich nicht engagiert hätte. Jede haupt- oder mittelmäßige Schulreform gestaltungsversessener, in Regierungsämter hinaufgelobter Schulräte, die glaubten, dem System ihren eigenen Stempel aufdrücken zu müssen, jeden Etikettenschwindel hatte er mitgetragen, so klagte er. Hatte Hintergrund- und Mehrarbeit geleistet, die ihm anvertrauten Jugendlichen ordentlich unterrichtet und auf eine spätere Berufsausbildung vorbereitet - den ein oder anderen konnte er persönlich an einen Ausbildungsbetrieb vermitteln -, aber darauf käme es gar nicht mehr an, hatte er gemeint und sich in seine Empörung hineingesteigert. Wichtiger denn je sei es, sich eloquent den herrschenden Verhältnissen anzupassen, Mediator und Multiplikator zu spielen, die eigene Leistung wie Fleisch und Gemüse im Supermarkt in vorteilhaftem Licht unter Verwendung der optimalen Lichtfarbe erscheinen zu lassen, um sich dann selbst als williger Mitgestalter, geeignete künftige Führungskraft und als unentbehrliche Stütze des Systems präsentieren zu dürfen.

Immer häufiger spiele er den Sozialarbeiter, weil

Eltern entweder nicht willens oder nicht in der Lage seien, sich um ihren eigenen Nachwuchs zu kümmern. Ständig müsse er reden, klagte er. Mal abgesehen vom konkreten Unterricht, wenn das das Einzige wäre, ginge es ja noch, aber die stets gleichen Motivationsgespräche mit den Jugendlichen raubten ihm die Kraft. Nach den Stunden oder in den Pausen versuchte er sie davon zu überzeugen, doch mehr zu lernen und weniger zu pubertieren, sich anzustrengen, damit sie später einmal eine Chance im Berufsleben hätten. Dass siebzig Prozent von ihnen später in einem Job landen würden, der weder sie, geschweige denn eine eigene kleine Familie ausreichend ernähren würde, verschwieg Jan vorsichtshalber seinen Schülerinnen und Schülern, um ihre unausgegorenen Lebensträume und Illusionen nicht schon im Ansatz zu zerstören. Appelle verliefen im Sande. Appelle an Eltern, die keine Zeit mehr hatten, in Sprechstunden zu kommen, weil beide, Vater und Mutter, beruflich voll eingespannt waren, damit die Familie finanziell einigermaßen über die Runden kam und sie sich Fertigpizza, Miete, zwei Autos und die obligatorischen Smartphones, aber schon keinen Urlaub mehr leisten konnten. Oft erreichte er die Erziehungsberechtigten telefonisch erst abends - Festnetzgespräche waren zur Seltenheit geworden -, wenn er sich der Funktion der Rufnummernunterdrückung bediente und die Neugier des unsichtbaren Gegenübers schließlich groß genug geworden war, dass er oder sie doch mal ranging an die dauerpräsente Kommunikationsmaschine.

Auch im Kollegenkreis verdichtete sich die Notwendigkeit, im Gespräch zu bleiben, Informationen auszutauschen. Die Schulleitung setzte Konferenzen kurzfristig an, ein-, zweimal die Woche war mittlerweile die Regel, oft in den Pausen, die sowieso nie welche waren, oder an Nachmittagen, an denen kein Unterricht anstand. Ständig müsse er reden, hatte Jan gesagt, hatte es ihm, Konrad, dann doch erklärt wie einem seiner begriffsstutzigen Schüler. Hatte sich die Zeit genommen, ein – der Elektrotechnik entlehntes – Leistungsdreieck auf einen Bierfilz zu zeichnen. Hatte Zusammenhänge erläutert: Zwischen dem, was er unter seiner eigentlichen Leistung (P) als Lehrer verstand, also, ob seine Schülerinnen und Schüler mehr oder weniger erfolgreich abschnitten und ob es ihnen gelang, auf dem Ausbildungs- und Arbeitsmarkt Fuß zu fassen. Zwischen dem, was seitens Schulleitung, Schulamt und Regierung an Scheinleistung (S) gefordert wurde, also in Form von Show-Stunden, pressewirksamen Aktionen, Aushängen, Aufführungen, Elternabenden als Performance abzuliefern war und der hierfür insgesamt notwendigen kapazitiven Blindleistung (Qc), also Arbeiten, die nicht auf den ersten Blick als solche zu erkennen waren, aber zum Gelingen des Ganzen selbstverständlich vorausgesetzt wurden und seine zeitlichen wie organisatorischen Kapazitäten bis an die Grenzen des Erträglichen belasteten. Jan wollte, typisch Lehrer, Konrad nebenbei noch die Verrechnung von P, S und Qc in seinem

63

skizzierten Leistungsdreieck mit Hilfe des Pythagoras veranschaulichen, doch Zeil, der sich nicht viel auf seine mathematischen, physikalischen oder gar elektrotechnischen Kenntnisse einbildete, hatte kapituliert und gerade soviel verstanden, dass an einer Schule die Show das Wichtigste sei, und je aufwendiger die Show, desto mehr unsinnige Arbeiten würden anfallen und um so weniger Zeit bliebe, den Schülern das Nötigste beizubringen.

Ungefragt hatte Dora ihm ein zweites Weißbier serviert und das leere Glas mit präzisen, in Fleisch und Blut übergegangenen Handgriffen gespült und zum Abtropfen mit der Öffnung nach unten auf das dafür vorgesehene Gitter über der Spüle gestellt. Zeil fixierte das Bier, als ob es ihm Antworten schuldig wäre, Antworten auf Fragen, die er selbst nicht kannte, die aber wesentlich für den weiteren Verlauf seines Lebens sein würden. Zeil prüfte Farbe und Schaum, bevor er sich den ersten, genießerischen Schluck gönnte - perfekt. Bislang hatte er mit niemandem je darüber gesprochen, aus Angst, man würde ihn für verrückt, für dienstunfähig erklären, eines Beamten nicht würdig, im Polizeidienst nicht mehr tragbar: Das hatte Zeil immer für sich behalten, dass er sein ganzes Leben, seine Arbeit, seine Ermittlungen genau mit diesem Schaum verglich, den er vor sich sah, den er betrachtete, um gegebenenfalls erahnen zu können, welche Gewissheit sich als weitere Illusion herausstellen, welche Blase bislang als sicher geglaubter, vermeintlicher Realitäten vor seinen Augen als nächste platzen sollte. Es gelang ihm nicht. So genau er auch die aufsteigenden Perlen, einzelne, sich seinem Blick entziehende Blasen und den weißen Schaum als Ganzes betrachtete - Zeil fand kein Muster. Für Antworten war es noch zu früh.

Vom Stammtisch drangen Gesprächsfetzen, vereinzelte Schlagworte zu ihm herüber, »Euro ...«, »Krise ...«, »Europa ...«, »Griechenland ...«, »Banken ...«, »NSA ...«, »Manager ...«, »überwachen ...«, »Boni ...«, »staatsgefährdend ...«, »diedaoben«. Zeil konnte es nicht mehr hören. Sein Handy vibrierte. Umständlich, die eine Hand das Weißbier haltend, zog er es aus seiner Jackentasche. Anna. Ungünstiger Zeitpunkt, er hatte jetzt nicht den Nerv. Er drückte sie weg. Vielleicht würde er später noch zurückrufen, oder morgen. Morgen ganz bestimmt.

Jetzt würde er sich seinem Bierchen widmen, vielleicht Jan zu einem kleinen Wettkampf an der Dart-Scheibe herausfordern. Würde, um ihn zu ärgern, zu provozieren und ihn aus der Ruhe zu bringen, »spickern« sagen, würde das Match gegen den landesligatauglichen Jan mit Anstand verlieren, nach einem allerletzten Bier zur Münchner Freiheit laufen und mit einer späten U6 die Heimfahrt nach Freimann antreten.

8

BERLIN
MITTWOCH MORGEN

Anna wachte davon auf, dass die Stimme des wie immer bestens gelaunten Morgenmagazinmoderators sich aus ihrem kugelförmig designten Radiowecker schälte, lauter wurde und sich vor Begeisterung zu überschlagen schien darüber, den neuen Arbeitstag »mit euch allen da draußen« beginnen zu dürfen. Lügner, armes Schwein, dachte sie. Sie musste eingeschlafen sein, irgendwann. Hatte wild geträumt, von Wohnungen, die ineinander übergingen. Verwinkelte, verschachtelte Räume mit schmalen Fenstern, doch ohne Türen, ohne erkennbare Ausgänge. Von Bewohnern durfte sie nicht bemerkt werden, sie trat in den Schatten, lief Umwege, wenn sie sich näherten. Sie war auf der Flucht, wusste nicht, vor wem oder was. Anna fühlte sich fremd in einem riesigen, klaustrophobisch wirkenden Gebäude hoch über einer endlosen Steppe.

Der Messerblock, der eigentlich in der Küche stehen sollte, stand in Griffweite neben ihrem Bett, ihre Ausgehsachen hatte sie noch an. Die Erinnerung an den vergangenen Abend, an die seltsamen Ereignisse kehrte zurück, unangenehm, wie der Geschmack im Mund.

Anna musste sich beeilen, musste ins Bad, unter die Dusche, Spuren beseitigen, die die Nacht an ihrem Körper hinterlassen hatte. Kurzes Frühstück, dann in die Firma. Draußen auf der Straße verteilte die Sonne heute ihre Boni unschuldig an alle, gleichermaßen. Anna schaute sich um, alles unverändert, wie immer. Sie machte sich auf die Suche nach ihrem Firmenwagen, den sie nach der Arbeit am gestrigen Spätnachmittag irgendwo in einer Seitenstraße geparkt hatte, bevor sie sich für den Abend mit Miriam gestylt, den Hosenanzug gegen bequeme, aber gleichermaßen schicke Ausgehklamotten getauscht und sich mit öffentlichen Verkehrmitteln auf den Weg nach Charlottenburg gemacht hatte. Sie fand den - ihrer Position und Gehaltsklasse zustehenden - silbern glänzenden Audi TT nebst firmeneigener Tank-Card gleich ums Eck. Mit dem Starten des Motors peilte das Autoradio ihre Lieblingsfrequenz an. Die Laune des Morgenmagazinmoderators hatte sich trotz umfangreicher Stau- und Blitzermeldungen nicht weiter eintrüben lassen. Den schwarzen BMW mit den getönten Scheiben, der ihr in einigem Abstand folgte, bemerkte sie nicht.

Ihre Firma hatte sich in Mitte breitgemacht, wie so viele, die etwas auf sich hielten und die die Nähe zu Macht und Einfluss suchten. Anna parkte auf dem für ihren Wagen reservierten Platz im firmeneigenen Carport. Die einheitlich silberfarbene Firmenwagenflotte der STRANGE AG sollte und konnte sich sehen lassen, allen voran der getunte und gepanzerte Porsche ihres CEO, ihres Vorstandsvorsitzenden. Subalterne, die mit eigenen Autos zur Arbeit fuhren, mussten aus optischen Gründen in die Tiefgarage ausweichen oder anderweitig nach einem der raren Parkplätze im Viertel suchen.

STRANGE war als mittelständische Maschinenbaufirma - die vor acht Jahren noch nach ihrem damaligen Eigentümer benannt war, der sich heute auf einer kanarischen Insel zu Tode langweilte - von einem Investor übernommen worden, der etliches an Risikokapital in die Hand genommen hatte, um den viel versprechenden Mittelständler durch strategische Zukäufe in alle Erfolg und staatliche Subventionen verheißenden Bereiche der Wirtschaft expandieren zu lassen. Bis der neue Konzern so groß geworden war, um als systemrelevant eingestuft, an die Börse gebracht und als »Global Player« bezeichnet werden zu können, der jährlich ein Vielfaches der getätigten Investitionen wieder einspielte, aber durch geschicktes Verrechnen der Gewinne mit tatsächlichen oder vermeintlichen Verlusten ineinander verschachtelter, karibisch positionierter Gesellschaften und Beteiligungen sein Steueraufkommen derart kreativ gestaltete, dass am Ende die Steuerlast kaum ins Gewicht fiel und eine hübsche Aktiendividende ausbezahlt werden konnte.

Anna betrat das Foyer ihrer Firma. Sie nestelte ihre Mitarbeiter-Identification-Card aus ihrer Handtasche und hielt sie vor den Scanner des dafür vorgesehenen Lesegerätes. Die LED leuchtete rot auf, ein

Warnsignal ertönte kurz aus dem Apparat. Gesperrt, Mist. Der Mann vom Sicherheitsdienst blickte argwöhnisch, wie sie glaubte, zu ihr herüber. Er musste sie doch kennen, sie kam schließlich nahezu jeden Arbeitstag an ihm vorbei. Auf der anderen Seite hatte sie es immer wieder einmal erlebt, dass Kollegen, Mitarbeiter von einem auf den anderen Tag nicht mehr an ihrem Arbeitsplatz erschienen waren. Der Zugang zu ihren Büros wurde ihnen verweigert. In Begleitung eines Mannes vom Sicherheitsdienst wurden sie in ein nüchtern eingerichtetes Büro der Personalabteilung bugsiert, wo ein Outplacement-Berater dem baldigen Ex-Kollegen die betriebsbedingte Kündigung oder einen Aufhebungsvertrag vorlegte, und - bei Wohlverhalten und Verzicht auf arbeitsrechtliche Störfeuer - ordentliche Arbeitspapiere nebst einer großzügigen Abfindung in Aussicht stellte. Der gleiche Sicherheitsmensch, der wahrscheinlich nicht einmal der eigenen Firma angehörte, sondern im Rahmen eines Werkvertrages für einen externen Dienstleister »niedere Arbeiten« verrichten musste, eskortierte anschließend die derart Entwürdigten - und jeglicher Gelegenheit, sich von Kollegen zu verabschieden Beraubten - zum Ausgang und drückte ihnen zum Ende ihrer Betriebszugehörigkeit einen kleinen Karton persönlicher Habseligkeiten ihres bereits geräumten Schreibtisches in die Hand. Der Personalchef selbst hatte diese Vorgehensweise einmal beim Mittagessen zur Erheiterung der übrigen Abteilungsleiter süffisant zum Besten gegeben. Anna war der Appetit vergangen.

Anders herum. Anna hatte die Karte mit der Rückseite vor den Scanner gehalten, der in Echtzeit versuchte, die digitale Videoaufnahme der Überwachungskamera mit dem Konterfei auf der Zugangskarte - und mit dreißig, vierzig für sie typischen Gesichtsmerkmalen, die in irgendeiner Referenzdatei auf irgendeinem Server des Sicherheitsdienstes und weiß Gott sonst noch wo hinterlegt waren - in Übereinstimmung zu bringen. Das automatische Programm der internen optischen Mitarbeiterüberwachung würde ihre Nervosität registrieren. Im schlimmsten Fall würde sich jemand Fragen stellen. Die Aufzugtür öffnete sich. Anna fuhr in den sechzehnten Stock, wo ihr »Change Management« zusammen mit der Abteilung »Expansion« Platz gefunden hatte. In den Stockwerken über ihnen zelebrierten die Priester der Hochfinanz ihre volkswirtschaftlich schwer einschätzbaren Messen, und die auf allen Orgelmanualen beheimateten Virtuosen des Finanz- und Wirtschaftsrechts spielten eigenwillige Interpretationen, juristische Präludien künftiger Krisenszenarien. In der Firmenhierarchie an Bedeutung übertroffen wurden sie nur vom Vorstand und »ihrem Abt«, dem Vorstandsvorsitzenden Wolfgang Abt. Hinter vorgehaltener Hand wurde die Vorstandsetage, das ganze oberste Stockwerk, »claustrum, das Kloster« genannt, verschwiegen und verschlossen wie es war. Vorzimmerdamen und Chefsekretärinnen dienten in der »Sakristei« wie Ordensschwestern, gebunden einzig und allein an ihr Schweigegelübde. Abt selbst arbeitete im »Allerheiligsten«. Vorstandsversammlungen wurden im »Chor«, ihrem Altarraum geostrategischer, ökonomischer Entscheidungsfindungen, abgehalten. Im dritten Stock stieg ein blasser VWL- oder BWL-Jüngling zu, der mit kurzem Kopfnicken verlegen grüßte. Ein neues Gesicht. Anna hatte ihn noch nie gesehen. Wahrscheinlich einer der vielen Praktikanten, die unbezahlt auf ihre Chance hofften. Erst mit einem festen, unbefristeten Arbeitsvertrag galt man im Haus als »Ministrant«, und selbst hier galt es, feine Unterscheidungen zu treffen: Weihrauchschwenker des Marketings galten mehr als Kerzen- oder Fahnenträger der IT- oder Verwaltungsabteilungen, gleichzeitig weniger als die als »Missionare« bezeichneten Kolleginnen und Kollegen ihrer Nachbarabteilung »Expansion«. Einzig für das Change-Management, ihre eigene, der Veränderung, dem Wandel verpflichtete Abteilung hatte sich bislang keine passende Bezeichnung in Form einer kirchlichen Institution oder sakralen Aufgabenstellung finden lassen. Im vierten Stock verließ der junge Mann den Aufzug bereits wieder. Er musste noch viel lernen, das richtige Auftreten, den nötigen Biss vor allem, so Annas Einschätzung. Nach oben war ein verdammt weiter Weg, wenn er es denn je schaffen würde, der Neue, zurückhaltend, wie er war.

Im Sechzehnten herrschte reger Büroalltag. Acht Uhr dreißig. Die meisten ihrer Mitarbeiter waren vor acht an ihrem Arbeitsplatz, einige schon vor sieben.

Anna grüßte und wurde begrüßt, doch es gab niemand, der sie mit einem dringenden Anliegen auf ihrem Weg durch das Großraumbüro in ihr eigenes Office behelligt hätte. Hektik und Stress hielten sich in Grenzen, im Laufe des Tages würde sich das noch ändern, wusste sie aus Erfahrung. Mit ihrer Karte öffnete sie die Tür zu ihrem Büro. Das Licht ging automatisch an und der Rechner fuhr selbstständig hoch. Elektriktrick. Catweazle hätte seine Freude gehabt.

Niemand war an ihrem Schreibtisch gewesen. Das vermeintliche Chaos an ihrem Arbeitsplatz war ein ausgeklügeltes System, mit dem sie auf einen Blick sehen konnte, ob jemand neugierig geworden war. Alles lag so da, wie sie es hinterlassen hatte. Stets war es das erste, das sie überprüfte, wenn sie ihr Büro betrat. Als zweites checkte Anna die eingegangenen Emails, sie wartete auf eine bestimmte Nachricht, eine harmlos aussehende, fingierte Werbeinfo eines Fort- und Weiterbildungsinstituts in Wiesbaden. Fehlanzeige.

Anna hatte allen Grund, nervös zu sein. Nicht wegen der beiden anstehenden Meetings oder dem Coaching eines Mitarbeiters, das heute auf ihrer To-do-Liste stand. Der Grund ihres Misstrauens, ihrer Nervosität lag in ihrer Vergangenheit.

Der Kontakt war abgerissen, der Kontakt zu »Index«, so der Deckname ihrer einzigen Bezugsperson beim BKA, dem Bundeskriminalamt. Seine letzte Nachricht war drei Wochen überfällig. Vielleicht war es doch nicht so klug gewesen, den Kontakt über die Server der STRANGE AG laufen zu lassen.

9

BERLIN
MITTWOCH NACHMITTAG / ABEND

Annas Arbeitstag hatte länger gedauert als ursprünglich geplant. Erst gegen acht Uhr konnte sie ihr Büro verlassen, Meetings hatten sich in die Länge gezogen. Anna hasste es, wenn sie sich langweilte, Referenten nicht auf den Punkt kamen, oder narzisstisch gestörte Kollegen sich in ihrer Profilneurose am liebsten selbst beim Reden zuhörten. Der Coaching-Termin war in angenehmer Atmosphäre verlaufen. Ihr Favorit für die Aufnahme in ihr Change-Management-Team Ohlmann wusste genau, was er wollte, hatte klare, wenn auch sehr hohe Zielvorstellungen. Vielleicht war er etwas überehrgeizig und Anna hatte ihn bremsen müssen, ihm zu bedenken gegeben, nicht zu viele Schritte auf einmal anzugehen. Aber sie und die Firma sahen mehr als genug Potential in ihm, um ihn als Mitarbeiter nicht nur halten zu wollen, sondern ihn in seinem Streben nach Kräften zu fördern und zu befördern. Nach der Sitzung nahmen Telefonate, Tür-und-Angel-Gespräche, das Beantworten relevanter Emails, lästige, nicht delegierbare Dokumentationspflichten auch auf ihrer Ebene, die mehr und mehr Raum einnahmen und weniger Zeit für das Wesentliche ließen, den Rest ihres Arbeitstages in Anspruch.

Anna freute sich auf einen ruhigen Abend auf ihrer Couch. Sie würde die Beine hochlegen, vielleicht noch mit Miriam telefonieren, jedenfalls nicht mit ihrer Schwester oder ihrer Mutter, Stress konnte sie nicht mehr brauchen heute, so viel war klar. Sie würde sich ein Glas Rotwein gönnen, einen leichten Merlot vielleicht, und den Tag mit dem neuesten Buch dieses japanischen Erfolgsautors ausklingen lassen, der ihr Leben dahingehend verändert hatte, dass sie sich seit der Lektüre seines letzten Werkes ab und zu dabei ertappte, nach einem zweiten, kleineren, grünlich schimmernden Erdtrabanten Ausschau zu halten.

Zähfließender Feierabendverkehr war nicht mehr zu befürchten, als Anna sich in ihren Firmenwagen setzte. Auf der Heimfahrt kam sie gut voran und fand zu ihrer eigenen Verwunderung eine Parklücke nahezu an der gleichen Stelle, an der sie ihren Wagen am Morgen ausgeparkt hatte.

Ihr Briefkasten hätte in einem Wettbewerb mit der Altpapiertonne keine schlechten Chancen, dachte Anna. Die mit großzügigen Werbeetats diverser Lebensmittel- und Bekleidungsketten produzierten und zu Niedrigstlöhnen von Schülern verteilten Werbeprospekte vertraute sie unbesehen dem Konkurrenten ihres Briefkastens an. Lästiger fand Anna nur die permanent einlaufenden »Benachrichtigungen«, »Informationen« und »Angebote« unterschiedlichster Internet-, Kabel-, Energie- und Glücksspielfirmen, da deren Briefe persönlich an sie adressiert und nur selten auf den ersten Blick von Rechnungen oder sonstiger Post zu unterscheiden waren. Dabei war sie stets vorsichtig gewesen, was die Herausgabe persönlicher Daten – wie ihrer Adresse – anbelangte, und an Gewinnspielen beteiligten sich eh nur die Ahnungslosen, die den Zusammenhang zwischen skrupellosem Adresshandel und dem kleinen Traum vom großen Glück nicht kannten. Dennoch schien sich auch diese Form millionenfacher brieflicher Kundeninformation zu rentieren – eingepreist war sie sicher.

Ob Nachbarn den unerfreulichen Papiermüll ausgerechnet in ihrem Briefkasten versenkten, um sich den Weg zur Tonne zu sparen? Den zahlreichen WG-Bewohnern, die neuerdings das Haus bevölkerten, traute sie einiges zu.

Anna war die letzte der ursprünglichen Wohnparteien hier im Haus, dabei lebte sie selbst noch nicht allzu lange in der Hauptstadt. Binnen Jahresfrist waren langjährige Mieter ausgezogen, teils, weil sie sich die vergangene Mieterhöhung nicht mehr leisten konnten, oder die ihnen angebotene Abfindung bei Auszug zu verlockend war. Frau Naumann, die freundliche alte Geigenlehrerin, die zwei Stockwerke unter ihr gewohnt hatte, war in ein Altenheim umgezogen, eine Seniorenresidenz kam aus Kostengründen nicht in Frage. Bei Annas Gehalt wäre eine Mieterhöhung nicht das Problem gewesen, auch ihr hatte die neue Eigentümergesellschaft eine Abfindung angeboten, um sie zum Umzug zu bewegen. Das alte Gründerzeitgebäude sollte von Grund auf renoviert und in ein »Town-House in Premium-Lage« verwandelt werden. Anna hatte dankend abgelehnt. Sie fühlte sich wohl hier, liebte die großzügigen, hellen und hohen Räume der Vierzimmerwohnung, liebte den Blick aus ihrem Fenster, hinunter, auf die Straße, den Kanal, auf Flaneure und spielende Kinder. Alles, was sie brauchte, lag in relativer Nähe und war zu Fuß gut zu erreichen: Lebensmittel-, Obst- und Gemüsehändler, heimelige Cafés, Kneipen und ein Buchladen. Anna wollte nicht fort. Sie mochte ihre Wohngegend, ihren Kiez.

Anna ging hoch in den dritten Stock. Gelehnt an ihre Wohnungstüre ein dickes Polsterkuvert eines Internetversandhändlers. Sie konnte sich nicht erinnern, in den letzten Tagen irgendetwas bestellt zu haben. Anna Herbst – der Name stimmte, Straße, Hausnummer, Postleitzahl ebenso. Wer mochte ihr das Päckchen geschickt haben? Sie legte den Umschlag erst einmal auf die Kommode, zog ihre Schuhe aus und drückte die Taste, die die Mailbox aktivierte. Vier neue Nachrichten: Miriam war neugierig darauf, zu erfahren, wie der vergangene Abend mit dem attraktiven Mittfünfziger noch gelaufen war. Wenn die wüsste … Anna würde sie später zurückrufen. Nachricht zwei: Ein kaum hörbares Summen, Schweigen, dann wieder eine Melodie, gesummt, ganz leise nur, ein Wunder, dass der AB das überhaupt aufnahm. Merkwürdig. Nachricht drei: Schenk, ihr Bankberater, bat um Rückruf. Geschenkt – sie hatte kein Interesse an seinen »Produkten«. Nachricht vier: Noch einmal dieses Summen, die leise Melodie, die ihr jetzt bekannt vorkam, die Melodie eines Volksliedes: »He, ho, spann den Wagen an …«

Was sollte das? Dumme-Jungen-Streiche kamen anders rüber. Anna löschte alle eingegangenen Nachrichten. Das Telefon läutete.

»Herbst«, Anna meldete sich mit ihrem Nachnamen. Wieder das Summen:

»Hmm, hmmm …«

»Was wollen Sie, was soll das?« Anna wurde laut. Schweigen. Dann wieder:

»Hmm, hmmm …«

»Idiot«

Anna legte auf. Das Fiese an dem Anruf war, dass ihr die Melodie im Kopf blieb. Ein volksmusikalischer Ohrwurm, der sich in ihr Hirn bohrte, sich festkrallte in ihren Hirnwindungen, akustische Langzeiterinnerungen nebst zugehörigen Synapsen und Botenstoffen aktivierte und der anscheinend noch ein, zwei Kollegen mitgebracht hatte, die auf ihren Einsatz warteten, in einen links- oder rechtshemisphärischen Kanon einzustimmen.

Anna riss den Umschlag auf.

»Hm, hmm …«

Ablenkung. Sie brauchte die Ablenkung, damit der Chor in ihrem Hirn nicht die Oberhand gewann. Was ihr aus dem luftgepolsterten Umschlag entgegenrutschte, gab ihr den Rest. Anna konnte nur noch lachen. Nie und nimmer hätte sie etwas Derartiges bestellt. Slip und BH! Fleischfarben! In ihrer Größe!

Da wusste jemand ganz genau Bescheid. Aber wer kam auf so eine Idee? Zu allem Überfluss sollte Anna innerhalb von vierzehn Tagen laut Rechnung neunundsiebzig Euro neunzig zuzüglich Versandkosten an die aufgeführte Kontoverbindung überweisen. Das maschinell erstellte Überweisungsformular konnte an der Perforation vom Brief getrennt werden.

Sie hatte einen Stalker. Anna war sich sicher. Der vorherige Abend, die Anrufe, der Umschlag, das Überhandnehmen der Werbesendungen. Wahrscheinlich dieser merkwürdige Typ aus der schummrigen Jazzkneipe.

Vielleicht wusste Konrad, wie man gegen unerwünschte Belästigungen und gegen Telefonterror vorgehen konnte. Erst gestern Nacht hatte sie ihn angerufen. Wie würde er reagieren, wenn sie sich jetzt wieder meldete? Egal, sie aktivierte die Buchfunktion ihres Telefons, fand ihn unter »K« und betätigte die Wahltaste. Die Verbindung kam zustande. »Konrad«, sagte sie, aber er hatte sie schon weggedrückt. »Idiot!«, schrie sie und fegte Unterwäsche, Kuvert und Rechnung samt dem Telefon von der Kommode. Den Abend hatte sie sich anders vorgestellt. Zu allem Überfluss schienen die Bewohner der WG in der Wohnung unter ihr heute in bester Partylaune zu sein.

10

MÜNCHEN
DONNERSTAG MORGEN

Dr. Leonhard Burger, Polizeioberrat und Dezernatsleiter Gewaltdelikte, hatte über Nacht eine Son-
derkommission gebildet, die - derzeit zehn Mann
hoch - dem Arbeitsaufwand bei einem Doppelmord
hoffentlich gerecht werden konnte. Ausreichend Personal war ein Problem bei ihnen, dachte Zeil. Die
Arbeit wurde nicht weniger, im Gegenteil. Zyniker
behaupteten, die personelle Ausstattung einer Soko
sei direkt proportional abhängig von der Höhe des
Medieninteresses. Anfangs würden sich alle auf die
Zehen treten, dann, wenn sich die erste Aufregung
gelegt hätte, würde die Besetzung des nun arbeitsfä-
higen Teams eine Zeit lang auf gleich bleibendem
Niveau stagnieren, um schließlich mit dem abflauen-
den Presseecho personell wieder zu schrumpfen.
Tatsache war, dass sie im »ersten Angriff« – wie sie
intern sagten – groß reingehen mussten, alle zugänglichen Informationen sammeln, sichern und dokumentieren mussten, solange Spuren noch frisch waren und eventuelle Zeugen sich einigermaßen erinnern konnten. Was brauchbar und später als ge-
richtsverwertbares Indiz von Nutzen war, würde sich
erst im Laufe ihrer weiteren Ermittlungen zeigen.

Mit am Konferenztisch, im Besprechungsraum der Mordkommission in der Bayerstraße, saßen außer Ziegler und ihm die beiden Kollegen der Polizeiinspektion Haching, die sie am Vortag unterstützt und die die gegenüber den Medien und anderen sensationslüsternen Mitmenschen notwendigen Absperr- und Sicherungsmaßnahmen vor Ort durchgeführt hatten. Zudem Bauer, Schwab und Cakir aus dem zweiten beziehungsweise dritten Kommissariat, der Leitende Kriminaltechniker Baader mit einem Spusi-Kollegen und Jutta Kistlerhoff, die hinzugezogene Psychologin und Profilerin aus der Abteilung Operative Fallanalytik des LKA.

»Guten Morgen, meine Damen und Herren«, begann Dr. Burger, »wie Sie bereits wissen, hat dieser Fall allerhöchste Priorität. Der Soko ‚Rainstraße‘ stehen alle notwendigen Mittel und Ressourcen zur Verfügung. Die Koordination und Leitung wird Kriminalhauptkommissar Zeil vom Kommissariat fünf übernehmen. Ich erwarte Ergebnisse, meine Damen und Herren. Die erste Pressekonferenz ist für morgen vierzehn Uhr angesetzt. Die beiden Opfer standen im Scheinwerferlicht des öffentlichen Interesses. Ich brauche Ihnen nicht zu sagen, dass die Medien entsprechend kritisch an die Sache herangehen werden. Der Innenminister hat mich auch schon angerufen. Deshalb – auf eine gute Zusammenarbeit und viel Erfolg, meine Damen und Herren. Zeil …«

Mit diesen Worten übergab Dr. Burger an Zeil und verließ eilends den Besprechungsraum, um

rechtzeitig zurück im Präsidium bei der Dienstbesprechung der Dezernatsleiter und dem damit verbundenen traditionellen Weißwurstfrühstück erscheinen zu
können. Wie oft hatten Zeil und die meisten der jetzt
Anwesenden diese – bis auf minimale Abweichungen
- stets gleichen Einleitungsworte ihres Vorgesetzten
schon gehört? Die Bezeichnungen der Sokos waren
mal mehr, mal weniger kreativ, die personelle Zusammensetzung sowie die »Koordination und Leitung« wechselten, doch jede verdammte neue Soko,
jeder verdammte neue Fall hatte für Dr. Burger »allerhöchste Priorität«, und selbst wenn dies gar nicht
möglich war, standen ihnen »alle notwendigen Mittel
und Ressourcen zur Verfügung«. Auch, dass er den
Anruf des Innenministers erwähnte, galt in Kollegen-
kreisen als rhetorische Standardphrase und wenig
subtiles Druckmittel. Als ob ihr oberster Dienstherr
nichts Besseres zu tun hätte und ausgerechnet Dr.
Burger sprechen müsste. Der Innenminister würde
anrufen lassen, so viel war sicher, von einem Refe-
ratsleiter vielleicht, allerhöchstens von einem Staats-
sekretär. Ob Dr. Burger selbst an das glaubte, was er
gegenüber seinen Untergebenen von sich gab? Jeder
in der Runde, die beiden Hachinger Kollegen einmal
ausgenommen, wusste um ihre Personalsituation und
um den aktuellen Krankenstand. Burger, ihr Dezernatsleiter, der geborene Motivationskünstler. »Ich
erwarte Ergebnisse, meine Damen und Herren.«
Tschakka. Ab Besoldungsstufe A14 wurde alles wichtig, was in irgendeiner Weise ins Licht der Öffentlich-

keit gerückt werden könnte. Deshalb glaubte er, seine Leute ständig auf Trab halten zu müssen. Als ob sie nicht selbst wüssten, worum es geht – gerade bei einem Aufsehen erregenden Doppelmord wie diesem. Motivation, so dachte Zeil, war ihr geringstes Problem. Dr. Burger, ihr Chef, war Ansprechpartner für Medien, wahlweise Grüßaugust für Minister oder ausländische Delegationen, und er musste den Kopf hinhalten, wenn etwas schief ging. Dafür gönnte er sich eine Siebzigstundenwoche, hatte den ersten Herzinfarkt bereits hinter sich und durfte mit dem Polizeipräsidenten zu Mittag essen. Zeil konnte sich Schöneres vorstellen.

»Okay«, sagte Zeil, »danke noch mal an alle, die mit im Boot sind, für die bereits geleistete Arbeit. Bei den Opfern handelt es sich um einen Dr. Jürgen Naumburg, dreiundsechzig, und seine Frau Helga, neunundfünfzig Jahre alt. Identifiziert wurden die beiden noch gestern Nacht durch den Sohn aus erster Ehe Helga Naumburgs. Dankenswerterweise haben die Kollegen bei dieser Gelegenheit einiges über die Hintergründe der beiden Getöteten in Erfahrung bringen können. Gemeldet sind die beiden Opfer draußen im Landkreis Starnberg. Naumburg ist - beziehungsweise war - Vorsitzender des Kontrollausschusses zur Qualitätssicherung des Bäder- und Kurwesens auf gesamteuropäischer Ebene. Habe ich das jetzt richtig abgelesen? Übersetzt heißt das, der Mann war europaweit unterwegs, und zwar permanent. Geschäfts- und Vielflieger, hat sich stark gemacht für einen kleinen, aber feinen Premium-Business-Flughafen vor Ort im Landkreis, was ihm in der dortigen Bonusflugmeilenszene und Geschäftswelt alle Türen geöffnet und viele Freunde eingebracht haben dürfte. Der weite Weg ins Erdinger Moos, Baustellen und Stau auf dem Mittleren Ring, schadet alles der Wirtschaft. Zeit ist Geld, kurze Wege, eine eigene kleine Fluganbindung, Touristen bleiben außen vor, VIPs only und die nötigen Flugkorridore, Start- und Landezonen würden sein Anwesen weiträumig verschonen. Naumburg hat die Hälfte des Jahres aus dem Koffer gelebt und bestimmt mehr Flugmeilen als Haare am Arsch. Also wenn einer die CO_2-Bilanz versaut hat, dann Naumburg. Sein Geld hat er damit verdient, dass er – oft in gleicher Runde - in Arbeitskreisen, Pools und Nobelrestaurants saß und sich in Vier- oder Fünf-Sterne-Kurhotels hat verwöhnen lassen müssen, ausschließlich zum Zwecke der vorgeschriebenen Qualitätskontrolle, zur Aufrechterhaltung notwendiger Standards und zur Optimierung badegastunfreundlicher oder unwirtschaftlicher Prozesse. Ein, zwei Aufsichts- oder Verwaltungsratsposten waren auch dabei. Karrieretechnisch und finanziell hat Naumburg also ausgesorgt und alles richtig gemacht – im Gegensatz zu uns.«

Mit der letzten Bemerkung hatte Zeil die Lacher auf seiner Seite.

»Trotzdem wird jetzt wohl niemand mit ihm tauschen wollen. Im Ernst, der Mann war wichtig, konnte den Daumen heben oder senken, wenn es um die

Zukunft eines Kurortes ging. Naumburgs Aufgabe bestand darin, Wellness-Strukturen und –Konzepte unter die Lupe zu nehmen, verwöhn- und badetechnische Prozesse zu optimieren und personell wie finanziell zu verschlanken. Das hat beteiligten Unternehmen richtig Geld gebracht. Der Mann hat gemerkt, wenn in einem Badetempel die Saunatemperatur aus Kostengründen um zwei Grad zu niedrig war, die Kundschaft nur suboptimal zufrieden oder gleich ganz weggeblieben ist. Dr. Naumburg war als einer der führenden Leistungsträger der Kur- und Badebranche europaweit anerkannt und geachtet, bei Betreibern aber auch gefürchtet.«

»Könnte hier ein Motiv liegen? Hat Naumburg etwas aufgedeckt? Ist er irgendjemandem in der Branche so auf die Füße getreten, dass sie ihn beseitigen mussten?«

Schwab aus dem zweiten Kommissariat war bekannt für seine wilden Hypothesen und Spekulationen auch in frühen Stadien der Ermittlungen. Zeil hatte mit seiner Zwischenfrage fast schon gerechnet.

»Wir dürfen nichts und niemanden ausschließen, wir ermitteln in alle möglichen Richtungen. Trotzdem kann ich es mir derzeit nicht recht vorstellen, dass es auf dieser Ebene – und wir reden hier von Geschäftsführern und Persönlichkeiten des öffentlichen Lebens – zu einem derart eskalierenden Konflikt kommen kann. Auf dieser Ebene gesellschaftlicher Leistungsträger gibt es allenfalls Meinungsverschiedenheiten, höchstens noch Missverständnisse und unzählige

Wege eines gelingenden Interessensausgleiches zur beiderseitigen Zufriedenheit. Im schlimmsten Fall bemüht man Anwälte und Justitiare.«

Zeils Antwort schien Schwab zumindest vorerst zufrieden zu stellen.

»Das zweite Opfer«, fuhr Zeil fort, »Naumburgs Frau Helga, ist studierte Soziologin und hat sich – nach Auskunft ihres Sohnes - mit sozialer Ungleichheit auseinandergesetzt. Ihren zweiten Mann, Jürgen, hat sie bei einer Studie über ‚Exklusion als Steuerungselement schicht- und alterskohortenspezifischer Angebote der Tourismusbranche‘ kennen gelernt. Fragt mich jetzt bitte nicht, was das bedeuten soll. In den letzten Jahren hat sie sich jedenfalls um das gemeinschaftliche Haus am See und einige andere Immobilien, die den beiden gehören, gekümmert. Ihr Sohn aus erster Ehe, Thorsten Smekal, 37 Jahre alt, ist Inhaber einer Wirtschafts- und Unternehmensberatung.«

»Wie hat der Sohn auf die Nachricht vom Tod der beiden reagiert?« fragte Jutta Kistlerhoff, die Profilerin.

»Die Kollegen meinten, er hätte in der Rechtsmedizin nicht sonderlich erschüttert oder überrascht gewirkt. Betroffen schon, aber eher bezüglich seiner Mutter. Der Tod von Jürgen Naumburg schien ihn nicht weiter berührt zu haben, er hat ihn nur sehr kurz angeschaut, hat seine Identität bestätigt. Thorsten Smekal steht – was noch abzuklären ist, als mutmaßlicher Alleinerbe - ganz oben auf unserer Liste«, meinte Zeil.

»Ich frage nach, weil bei dem Ausmaß an Gewalt, wie sie hier gegenüber dem männlichen Opfer angewandt wurde, auch eine Beziehungstat in Frage kommen könnte. Da sind sehr starke Emotionen, da sind Wut und Hass im Spiel, der Täter hat nicht nur einmal zugestochen, wie wir auf den Fotos sehen, der hat Naumburg regelrecht massakriert. Der Mord an der Frau passt da gar nicht ins Bild.« Die Profilerin schien ihre Zweifel zu haben.

»Wir gehen derzeit von zwei Tätern aus«, Baader, der Leiter der kriminaltechnischen Untersuchungen, mischte sich ein. »Der Mord an Frau Naumburg ist vermutlich eine Verdeckungstat. Sie hätte aus der Wohnung fliehen können, als ihr Mann niedergestochen wurde. Daran, und am Schreien, wurde sie gezielt gehindert. Spuren zwischen Küche und Bad sowie ihre Verletzungen deuten darauf hin, dass sie ihrem Mann zu Hilfe kommen wollte. Sie wurde von hinten gepackt, umklammert, ins Bad geschleift, wobei ihr Mund und Nase zugehalten wurden. Nach dem Zustand ihrer Schuhe zu urteilen, muss sie mit letzter Kraft um sich getreten haben, hatte gegen ihren Mörder allerdings keine Chance. Wir haben es mit einem Duo zu tun, einer alleine kriegt beide Taten nicht gleichzeitig hin.«

»Okay«, sagte Jutta Kistlerhoff, »ich werde das bei der Erstellung der Personagramme berücksichtigen.«

Jutta, die Mitarbeiterin der Operativen Fallanalytik, oder Profilerin, wie es in Fernsehkrimis gerne hieß, würde sich dem Fall von ganz anderer Seite nähern, dachte Zeil. Die ausgebildete Polizeipsychologin verfolgte statistische, systemische, behavioristische, also verhaltenspsychologische und noch eine Reihe weiterer, ihm unbekannter Ansätze. Am verständlichsten erschien Zeil die Statistik. Aller Wahrscheinlichkeit nach handelte es sich bei den beiden Tätern um Männer. Über fünfundneunzig Prozent aller Brachialstraftaten wurden von Männern verübt, eigentlich brauchte er da keine Statistik, das sagten ihm siebenundzwanzig Jahre Erfahrung im Polizeidienst.

»Aber irgendeiner gibt den Ton an, gerade in einem Täter-Duo. Jetzt sehen beide, wozu der jeweils andere fähig und in der Lage ist, das erzeugt Angst, Druck und eine irre Dynamik zwischen den beiden, da brennt´s.«

Jutta Kistlerhoff stand erst am Anfang ihrer Analyse.

»Es würde mich nicht wundern, wenn einer von beiden, oder alle beide bereits auffällig geworden sind. Diebstähle vielleicht, leichte oder schwerere Körperverletzung vor allem. Niedrige Impulskontrolle, da ist die Hemmschwelle, einen Menschen zu töten, bereits stark herabgesetzt.«

Zeil fragte sich, woher die attraktive Mittdreißigerin ihre Gewissheiten nahm.

Beruhten Opfer-Personagramme, die wie jetzt in diesem Fall Herrn und Frau Naumburg umfassend beschreiben und charakterisieren sollten, darauf, dass Zeil und die anderen Ermittler sämtliche Persönlichkeitsmerkmale, biographische Daten, alle zugänglichen Informationen zum beruflichen wie privaten Umfeld, sonstige Kontakte sowie gesicherte Aussagen zusammentrugen, zusammenpuzzelten, bis sich Mosaikbilder ergaben, die einen umfassenden Einblick in das bisherige Leben der Getöteten gestatteten, so basierten die Täter-Personagramme der Fallanalytiker - Zeils Meinung nach – zumindest anfangs auf reiner Spekulation.

Nachdem Steffi auch die anderen im Team über die Aussagen des Hausmeisters und des Nachbarn informiert hatte, übernahm Zeil erneut die Gesprächsführung und wollte der Diskussion unterschiedlichster Vermutungen und Hypothesen wieder eine Richtung geben; es stand genug konkrete Arbeit an.

»Ein weiterer Ermittlungsansatz ergibt sich mit der Aussage des Hausverwalters Jens Aalberg. Über den Verkauf der Wohnung scheint es zwischen den Mordopfern und dem vorherigen Eigentümer, einem Gunther Willms, zum Streit gekommen zu sein. Laut Aalberg hatte sich der ehemalige Wohnungsbesitzer mit der Bitte um Unterstützung an ihn gewandt. Willms behauptet, Dr. Naumburg hätte ihn bei dem Immobilienverkauf über den Tisch gezogen, betrogen und um seine Ersparnisse gebracht. Angeblich geht es um einhundertzwanzigtausend Euro. Der Hausverwalter hatte Willms dringend empfohlen, einen Anwalt einzuschalten.«

»Und jetzt glaubt dieser Aalberg, Willms hätte den Konflikt gewaltsam gelöst. Oder lenkt er nur ab? Es wäre nicht das erste Mal, dass der eigentliche Täter versucht, den Verdacht auf einen Unschuldigen zu lenken, indem er eine falsche Spur legt.«

Schwab geriet erneut heftig ins Spekulieren. Braucht heute besonders viel Aufmerksamkeit, der Kollege, dachte sich Zeil, bevor er antwortete.

»Wir werden Aalberg unter die Lupe nehmen«, Zeil versuchte zu beschwichtigen, »aber erst werden wir, Steffi und ich, dem Hinweis auf Willms und den angeblichen Immobilienbetrug nachgehen.«

Jetzt galt es, weitere Aufgaben zu verteilen.

»Wer von euch kümmert sich um die Abklärung der Handy- und Telefonkontakte der Opfer?«

Bauer aus dem zweiten Kommissariat meldete sich.

»Bauer? Danke. Veranlasse doch bitte gleich auch eine Ortung, vielleicht sind der oder die Täter ja so dumm, die geraubten Handys einzuschalten, und check auch die Emails und eventuell vorhandene Accounts in den üblichen sozialen und hier auch wirtschaftsnahen Netzwerken.«

Opfer und Täter mussten miteinander in Kontakt gekommen sein, vielleicht hatten sie telefoniert, einen Termin in der Wohnung vereinbart, warum und zu welchem Zweck auch immer. Das Treffen musste dann ganz anders verlaufen sein als ursprünglich geplant. Zeil hoffte auf einen schnellen Ermittlungs- und

Fahndungserfolg, hoffte, dass er dabei war, auf der Anrufliste, der LLK, der Letzte-Lebend-Kontakt, sprich, der oder die Täter.

Zeil wandte sich den beiden Kollegen aus dem dritten Kommissariat zu.

»Der finanzielle Hintergrund der Naumburgs könnte interessant sein. Da gibt es viel Arbeit. Zwei Mann. Schwab, Cakir, das ist euer Ding …«

Die beiden würden allem nachgehen, was irgendwie ungewöhnlich erschien. Reguläre und irreguläre Geldflüsse, Schwarzgeld, dubiose Beteiligungen, Stiftungen, Staatsanleihen, was immer es gab. Zeil war froh, als Finanzexperten Firat Cakir mit im Team zu haben. Von Cakir hieß es, wolle man ihn bestechen, so würde er ohne mit der Wimper zu zucken auch höhere Summen annehmen, die Scheine zählen, lochen, in einem Hängeregister abheften und den ganzen Vorgang zusammen mit der Anzeige wegen versuchter Beamtenbestechung mit einem neuen Aktenzeichen versehen, bevor er die Akte weiter in den Umlauf gab. Gab es Unregelmäßigkeiten finanzieller Art, er würde sie finden, Firat Cakir, der vorbildlichste Beamte, den Zeil kannte.

Die Arbeit der Soko »Rainstraße« kam in die Gänge.

11

Gunther Willms hatte sich an seinem neuen Wohnort nicht angemeldet. Über seine Arbeitsstelle ermittelte Steffi Ziegler, dass er krank geschrieben und vorübergehend bei einem ebenfalls maladen Arbeitskollegen untergekommen war. Die Adresse des Kollegen hatte Steffi von der Sekretärin ohne weiteres erhalten. Auf Datenschutz hatte sie sich nicht versucht herauszureden. Vielmehr hoffe sie, so erzählte Steffi lachend, dass ein Auftauchen der Polizei den gelinden Druck ausüben würde, den die beiden anscheinend brauchten, um schneller zu gesunden und wieder am Arbeitsplatz zu erscheinen.

Steffi und Zeil nahmen den Lift ins Erdgeschoss und gingen zu den Einsatzfahrzeugen. Der Audi vom Vortag stand ihnen nicht mehr zur Verfügung, ein Kollege war schneller gewesen. Zeil, der in ähnlichen Situationen bereits Aufstände veranstaltet hatte, besonders, wenn er wie heute selbst am Steuer sitzen wollte, blieb diesmal gelassen, was tatsächlich für seinen Kneipenbesuch am Vorabend zu sprechen schien. Nicht einmal ein unauffällig mattsilberner Golf, der ihnen heute von dem zuständigen Kollegen zugewiesen wurde, konnte seine gute Stimmung in merklicher Form beeinträchtigen.

Auf der Landsberger Straße kamen Zeil und Steffi gut voran. Links und rechts der Straße waren in den letzten Jahren Bürogebäude emporgeschossen. Jede Menge Leerstand. Zeil versuchte sich zu erinnern, was früher dort einmal gewesen sein mochte. Er glaubte, sich an einen zwielichtigen Schrott- oder Autohändler erinnern zu können, mit dem er in einem früheren Fall aneinander geraten war. Eine Autovermietung an der Laimer Unterführung kam ihm auch in den Sinn. Jetzt stand dort einer dieser austauschbaren Büroklötze. Zeil fragte sich, welchen Beschäftigungen all die Menschen, die hier arbeiten sollten, wirklich nachgingen und wo sie wohnten, wenn sie ihre Dienstleistungsmaschinerie für den Feierabend verlassen durften. Wahrscheinlich in dem neu gebauten Stadtviertel, ganz in der Nähe, jenseits der Bahngleise, direkt am Hirschgarten. Wohnblöcke, eng beieinander stehend wie Verschwörer, unentschlossen noch, wann sie weiter in den angrenzenden Park mit dem alten Baumbestand vordringen würden. In Pasing stockte der Verkehr, es wurde Zeit, dass die Bauarbeiten an der U-Bahn abgeschlossen wurden.

Nah am Westkreuz, in Aubing, fanden sie die Adresse. Achter Stock einer dieser urbanen Prachtbauten der siebziger, achtziger Jahre. Käfighaltung. Sie nahmen den Aufzug. Rico Enders, Kettenraucher, Elektromonteur, Arbeitskollege und einziger Freund von Gunther Willms, öffnete erst auf beharrliches Betätigen der Türklingel. Enders schaute nicht gerade wie das blühende Leben aus, sie hatten ihn aus dem Bett geklingelt - er schien tatsächlich krank zu sein, was ihn aber nicht daran hinderte, sich eine Zigarette anzuzünden. Willms hatte er knapp vierzehn Tage bei sich aufgenommen, ihn auf seiner Wohnzimmercouch schlafen lassen, bis es nicht mehr ging, wie der Mann sagte.

»Was ging nicht mehr, Herr Enders«, fragte Zeil. Enders drückte seine angerauchte Zigarette aus, sie schien ihm doch nicht zu bekommen, schnaufte tief durch, als wäre er froh, eine von Willms hinterlassene sandsackschwere Beklemmung weiterreichen zu dürfen, an den nächsten Sherpa in einer unendlich langen Kette von Lastenträgern.

»Das Jammern. Das Selbstmitleid. Die ständigen Vorwürfe, was er hätte anders machen müssen, um diesem Herrn Doktor, diesem Naumburg nicht auf den Leim zu gehen. Sie haben ihn eingeseift. Haben Gunther nach der Wohnungsbesichtigung zum Essen eingeladen, waren superfreundlich. Haben ihm erzählt, dass sie wegen Eigenbedarf bis zum Monatsende aus ihrer Mietwohnung ausziehen müssen. Haben aufs Tempo gedrückt. Die haben Gunther über den Tisch gezogen, bei dem Geschäft. Doktor Naumburg, die Maklerin, der Notar, anscheinend ein Bekannter der Naumburgs. Fünf-, sechsmal hörst du dir das an, diskutierst, versuchst Ratschläge zu geben, aber ich bin ja auch kein Anwalt. Immer das Gleiche. Die Maklerin hat den Preis gedrückt, auf zweihundertneunzigtausend, obwohl sie vorher gesagt hat, bei dreihundertzehntausend Euro bleibt es.«

Enders hatte sich in Rage geredet, als sei er selbst dabei gewesen und zusammen mit Willms übervorteilt worden.

»Die hat einen Umschlag bekommen, von dem feinen Herrn Doktor, als der Notar kurz den Raum verlassen hat. Wahrscheinlich ihr Anteil der Summe, um die sie den Wohnungspreis gedrückt hat. Da weißt du, auf welcher Seite die steht. Gunther hätte sich nie auf die Sache mit der Anzahlung einlassen dürfen, aber die Maklerin hat gesagt, dass das so üblich ist. Der Notar hat verschiedene Möglichkeiten des Wohnungsverkaufs erklärt, aber richtig verstanden hat das der Gunther bestimmt nicht. Er hat ihnen vertraut und eine Anzahlung von fünfzigtausend Euro akzeptiert. Gunther wollte den Verkauf auch möglichst schnell hinter sich bringen, um seine Exfrau auszahlen zu können. Nimm dir einen Anwalt, habe ich ihm gesagt. Da ist er richtig wütend geworden. Hat herumgeschrien. ‚Die stecken alle unter einer Decke.‘ Hat sich aufgeregt. Hat sich reingesteigert, hat gar nicht mehr aufhören können. Er hat sich ja einen Anwalt genommen, aber der hätte sich nicht richtig dahinter geklemmt und hätte auch nichts erreicht. Er könne eine Zivilklage einreichen, um den Verkauf wieder rückgängig zu machen. Aber weil das Ganze von einem Notar abgesegnet wurde, sehe er nur geringe Chancen auf Erfolg. Also war der Anwalt auch auf der anderen Seite. Der reinste Verfolgungswahn. Schlafen konnte er dann auch nicht mehr, der

Gunther. Ist nachts rumgetigert im Wohnzimmer, statt auf der Couch zu pennen. Ist nicht eingeschlafen, der Gunther. Konnte einfach nicht mehr. Hat immer wieder seine Geschichte erzählt, wie die ihn reingelegt haben. Immer dieselbe Leier. Fünf-, sechsmal hältst du das aus, meinetwegen auch siebenmal. Beim achten Mal langt es. Ich muss auch arbeiten. Ich brauche meinen Schlaf, muss früh um fünf raus, damit ich rechtzeitig auf der Baustelle bin und abends um neun bin ich fertig, kaputt, leer. Ich konnte mir das auf Dauer nicht mehr anhören, und was hat es gebracht? Jetzt bin ich selber krank. Der Gunther hat sich ja gleich arbeitsunfähig gemeldet beim Chef, ist ja sein Bier, was er macht, und so wie der drauf ist, ist er auch krank, kein Fieber oder so was, aber im Kopf. Fast zwei Wochen habe ich das Spiel mitgemacht. Dann habe ich ihm gesagt, geh noch mal zum Arzt, oder geh zum Psychologen. Da ist er richtig ausgeflippt, hat mich am Kragen gepackt. Da habe ich ihm gesagt, er soll seine Sachen packen und verschwinden. Das hat er dann kapiert. Hat sich tausendmal entschuldigt. Richtig kleinlaut ist er geworden, hat seine Klamotten zusammengeklaubt, mehr wie eine Reisetasche voll hatte er ja nicht, und dann ist er abgezogen. Seitdem habe ich nichts mehr von ihm gehört.«

Zeil merkte Enders den Zwiespalt an, in dem er steckte. Einerseits schien Enders froh zu sein, nach dem Rauswurf wieder Herr in der eigenen Wohnung zu sein, andererseits machten ihm Bedauern und

Schuldgefühle gegenüber seinem Freund und Arbeitskollegen zu schaffen.

»Wissen Sie, ob Willms die Naumburgs nach dem Notartermin noch einmal getroffen hat?« Steffi kam zur Sache.

»Er hat es versucht«, antwortete Enders. »Hat nie jemanden erreicht, ist denen buchstäblich hinterher gerannt, als nach der Anzahlung das restliche Geld ausblieb. Hat versucht, die telefonisch zu erreichen, hat Briefe geschickt, Einschreiben, ohne Erfolg. Irgendwann kam dann ein Brief des Anwalts von Doktor Naumburg. Angeblich wäre unter Zeugen mündlich vereinbart worden, eine Generalsanierung, die Verlegung eines neuen Eichenholzparketts, den Einbau einer Luxus-Küche und eines hochwertigen Badezimmers auf die Restsumme anzurechnen. Das war glatt gelogen. Gunther hätte damit noch einmal auf knappe einhundertzwanzigtausend Euro verzichten sollen. Er hat sich dann einen anderen Anwalt genommen, um den Verkauf seiner Wohnung rückgängig zu machen. Aber der Notar hat sehr schnell gearbeitet, was den Formularkram betrifft. Das Ganze war durch und die Wohnung überschrieben. In seiner Gutgläubigkeit und Ahnungslosigkeit hat Gunther dem Herrn Doktor vor dem vereinbarten Übergabetermin - und bevor die ganzen Schwierigkeiten begannen - auch noch einen Schlüssel gegeben, damit die Umbauarbeiten beginnen konnten. Es musste ja alles ganz schnell gehen, die Naumburgs standen angeblich schon fast auf der Straße. Als Gunther dann in seine Wohnung wollte, war das Schloss bereits ausgetauscht. Er hat alles falsch gemacht. Den Preis drücken lassen, die Anzahlung von fünfzigtausend Euro akzeptiert. Die restlichen zwohundertvierzigtausend behalten die einfach ein, bis der Streit um die einhundertzwanzigtausend für die angeblich vereinbarte Luxussanierung geklärt ist, und Gerichtsprozesse dauern, das wissen Sie ja selbst, wahrscheinlich jahrelang. Bis der Gunther überhaupt kapiert hat, was da gelaufen ist. Das sind Abzock-Profis, sag ich Ihnen. Und die Anzahlung wird er jetzt brauchen für seine Anwaltskosten, Rechtsschutz hat er ja keinen.«

»Glauben Sie, dass Willms gewalttätig geworden ist?«

Zeil hakte nach.

»Gab es irgendwelche auffälligen Ereignisse, zum Beispiel Vorfälle bei der Arbeit, auf der Baustelle, da herrscht doch ein rauer Umgangston? Können Sie sich vorstellen, nach all dem, was passiert ist, dass er die Naumburgs getötet hat?« Enders druckste herum, wand sich.

»Jetzt mal raus mit der Sprache«, Zeil herrschte ihn an. »Sie sind kein Verwandter, sie haben kein Zeugnisverweigerungsrecht, Herr Enders.«

Rico Enders machte einen unglücklichen Eindruck, nahm sich, ohne hinzusehen, eine weitere Zigarette aus der Schachtel, zündete sie an und blickte an Zeil vorbei auf das Puzzle, das über dem Flachbildschirm hing und das Zeil beim Betreten des Wohnzimmers aufgefallen war, weil das Motiv – Palmen am Sandstrand - die Wohnung nur noch trostloser machte. Nach zwei langen Zügen war er soweit.

»Sind die tot, die Naumburgs? Alle beide?«

Fassungslos starrte er vor sich hin. Weder Steffi noch Zeil sagten etwas. Sie hatten ihn soweit und ließen ihm Zeit. Enders überlegte, was er sagen sollte, die Situation war ihm sichtlich unangenehm, und er nahm noch einen tiefen Zug, bevor er antwortete.

»Er hat immer gesagt, ich weiß nicht, was ich mit denen mache. Ich weiß nicht, was ich mit denen mache, die kriege ich, die zahlen dafür. Aber Mord? Ich kann es mir nicht vorstellen. Zimperlich ist er nicht, der Gunther, wenn ein Lehrling nicht spurt. Er hat auch schon mal einen Leiharbeiter am Kragen gepackt, weil der nicht schnell genug war und Mist gebaut hatte. Aber eigentlich ist er ein ganz umgänglicher Typ, mit dem man nach Feierabend auch mal auf ein Bier weggehen kann.«

»Die Naumburgs, Herr Enders.«

Steffi lenkte das Gespräch geschickt zurück auf den Grund ihrer Anwesenheit.

»Auf den Doktor und seine Frau hat er einen richtigen Hass geschoben.«

Enders sprach weiter.

»Am Anfang die nettesten und freundlichsten Menschen, die man sich nur vorstellen konnte. Hatten den Gunther zum Essen eingeladen, der hat sich richtig geschmeichelt gefühlt, der war noch nie mit einem dieser Herrschaften am Tisch gesessen. Aber war nur eine Masche von denen. Kaum hatten die ihr

Ziel erreicht und sich die Wohnung für 'nen Appel und 'n Ei unter den Nagel gerissen, lief alles nur noch über den Anwalt. Ich kann es verstehen, dass der die hasst. Aber, dass Gunther die Naumburgs gleich umbringt? Ich weiß nicht, ob der dazu überhaupt in der Lage wäre, bei den Stimmungsschwankungen. Der hat doch die meiste Zeit geheult, vor lauter Selbstmitleid. Gut, er ist auch ausgerastet und hat dann wieder … Aber der ist doch unzurechnungsfähig, in dem Zustand jetzt, das müssen Sie mir glauben.«

»Haben Sie Angst vor Willms, Herr Enders?«, fragte Zeil. Mit einem angedeuteten Kopfnicken drückte Enders die Zigarette aus, um sich gleich darauf eine neue anzuzünden. Er antwortete nicht mehr, aber sie hatten eh genug in Erfahrung gebracht. Steffi gab ihm ihre Karte.

»Falls er sich noch mal bei Ihnen rühren sollte oder Ihnen noch etwas einfällt, zum Beispiel, wo Willms sich aufhalten könnte, oder was Ihnen sonst noch wichtig erscheint, melden Sie sich bei uns, Herr Enders. Wir brauchen Herrn Willms dringend als Zeugen«, ergänzte sie.

Zeil war froh, als sie die verqualmte Zweizimmerwohnung in der Betonburg im Münchner Westen wieder verlassen konnten. Der versiffte Aufzug war mittlerweile kaputt gegangen. Sie nahmen die versiffte Treppe. Willms war abgetaucht. Willms war labil. Wenn sie ihn nicht über seinen Anwalt oder seine Exfrau fanden, mussten sie ihn schnellstmöglich zur Fahndung ausschreiben.

12

Ihr Weg zurück in die Stadt führte sie durch die dieselruß- und feinstaubkonservierte Laimer Unterführung über den Romanplatz in die Arnulfstraße. Der Schlenker war nötig geworden, da Zeil sich nichts Schöneres vorstellen konnte, als mit einem Zwischenstopp zur Mittagszeit auf eine üppige Brotzeit in den Hirschgarten einzufallen. Der Regen der vergangenen Nacht hatte die Stadt frisch gewaschen, befreit von Missmut und Übellaunigkeit des vergangenen Arbeitstages, und die morgendliche Maisonne hatte Erinnerungen daran verdampfen lassen wie Restfeuchtigkeit einer eben geöffneten Spülmaschine. Zeil hatte in unmittelbarer Nähe des Biergartens einen Parkplatz gefunden, was einem mittleren Wunder glich, waren doch auch wochentags viele Tische besetzt mit Menschengruppen unterschiedlichster Altersstufen, die dem gut gekühlten Gerstensaft auf das Eifrigste zusprachen. Steffi hatte sich auf die Suche nach einem freien Platz begeben, während Zeil an der grün gestrichenen Schänke und der Brotzeitbude anstand. Obatzder und Apfelschorle für Steffi, Wurstsalat und Russnhalbe für ihn selbst. Eine große Breze würden sie sich teilen. Außendienst »ersparte« ihnen zwar das günstigere Kantinenessen, ein Biergartenbesuch während der Arbeitszeit blieb, so dachte Zeil – entgegen allen üblichen Bayern- und Beamtenklischees – dann doch Luxus und die große Ausnahme. Steffi würde ihn schief anschauen, ihn belehren über Alkohol im Dienst, wenn er mit einem Russn daherkam. Dabei zählte die Mischung aus Weißbier und Zitronenlimo für Zeil eher zu den alkoholfreien Softdrinks, reine Definitionssache also und bereits ein schwer einzugehender Kompromiss, der gegen sein persönliches Reinheitsgebot verstieß, zu dem er sich mühsam hatte durchringen müssen. Außerdem sah er seine Mittagspause nicht als Dienstzeit an, selbst wenn sie während der Brotzeit ihre Strategie, ihre gemeinsame Vorgehensweise bei der Zeugenbefragung von Thorsten Smekal durchgehen wollten. Eindeutig hatte er die besseren Argumente auf seiner Seite, dachte Zeil. Auf eine zweite Russnhalbe würde er großmütig verzichten, galt es doch die eigene Fahrtüchtigkeit nicht weiter einzuschränken – aber ein leichtes Doping konnte beim besten Willen nicht schaden.

Thorsten Smekal - Sohn aus erster Ehe Helga Naumburgs und der vermutlich einzige Erbe des Naumburgschen Vermögens und Immobilienbesitzes - stand als nächster Verwandter und womöglich einziger Profiteur des Verbrechens ganz oben auf ihrer Liste. Im Anschluss an ihre frühmorgendliche Dienstbesprechung hatte Steffi Konrad schnell noch Smekals Website gezeigt, der es, wie dort zu lesen war, als Unternehmensberater in einschlägigen Wirtschaftskreisen zu außergewöhnlichem Erfolg gebracht hatte. Mittlerweile war es Polizei-Standard, vor einer Befragung oder Vernehmung eine gründliche Hintergrundrecherche durchzuführen und außer den eigenen Datenbanken auch das Internet und die gängigen sozialen wie geheimdienstlichen Netzwerke zu konsultieren. Zur Information, um nichts zu versäumen, oder um das Gespräch auf ein für den zu Befragenden sicheres Terrain zu lenken, Vertrauen aufzubauen, damit die zur Aufklärung eines Verbrechens notwendigen Killerfragen, überraschend gesetzt, ihre Wirkung um so nachdrücklicher entfalten konnten. So stellte Zeil es sich vor, wie diese psychologisch ausgetüftelten Befragungstechniken, die sie in ihren Lehrgängen und Seminaren gelernt, geübt und in der Praxis vertieft hatten, im Grunde funktionierten. Alltagstauglich war das wenigste. Bei welchem ihrer speziellen Kandidaten könnten sie so etwas wie »Vertrauen« aufbauen? Welcher ihrer üblichen Kunden wäre bereit, sich an polizeilichem Small-talk zu beteiligen, sich auf eine freundschaftliche Plauderei mit zuvorkommenden Kriminalkommissaren einzulassen und auf unverfängliche Fragen dreimal nacheinander mit einem »Ja« zu antworten, um sich dann von einer plötzlich abgeschossenen Suggestiv- oder Fangfrage überraschen zu lassen? Niemand. Zeil gab sich selbst die Antwort. Genau, niemand. Zeil schwor auf die beruhigend zuverlässige »good-guy-bad-guy-Methode«, die in jedem zweit- oder drittklassigen

Fernsehkrimi ihre Anwendung fand. Thorsten Smekal, den alleinigen Inhaber der Firma »Karma Performance«, mussten sie anders angehen. Als Unternehmensberater kannte er sich mit Gesprächsführungs- und Befragungstechniken besser aus und hatte sicher geeignete Konterstrategien parat. Der Mann war glatt und viel zu clever.

Die Startseite von Smekals Website wurde von einem halben Dutzend lächelnd, zwinkernd und schmatzend animierten indischen Gottheiten bevölkert. Zeil erkannte unter ihnen gerade mal die schwarze, vielarmige Kali, Göttin kreativer Zerstörung, und Hanuman, den Kriegs- und Affengott – beide Gottheiten, von Marketingspezialisten oder vom Inhaber selbst als Symbole einer Wirtschaftsberatungsfirma klug gewählt. Vor tiefblauem Hintergrund wackelten die Götter zwischen einzelnen orange gefärbten Buttons hin und her, um ab und an, einem verborgenen Algorithmus folgend - Pacman nicht unähnlich - mit grotesk aufgerissenen Mäulern den Mauszeiger zu jagen. Die anderen abgebildeten Gottheiten waren ihm fremd. Angehende Kunden, Konkurrenten, Neugierige oder wer auch immer sollten ihren Spaß daran haben und durften sich entscheiden, die Buttons »Maßgeschneiderte Solutions«, »Leitbild-Development«, »Konzept-Monitoring«, »Compliance-Recruiting« oder aber den zentralen Baustein »Ethik-Simulations und Goodwill-Performance« anzuklicken, der sich gezielt an Interessenten seitens der Finanzindustrie zu richten schien.

Smekals Referenzen konnten sich – per Mausklick - sehen lassen: Der SPIEGEL kürte ihn in einem Artikel zum »Dalai Lama der Berater-Branche«. Die FINANCIAL MINDS DEUTSCHLAND setzte sich dagegen kritisch mit Smekals Idee auseinander, »große Geschäfte«, also finanzielle Transaktionen ab einem Umfang von einer Milliarde Euro, mittels DNA-Nachweis zu verifizieren, den daran beteiligten Tradern von notariell beaufsichtigten Friseuren ein Haar samt Wurzel zu entnehmen und eine Datenbank ähnlich der Sexualstraftäterdatei anzulegen. Den Kommentator der FINANCIAL MINDS störte an Smekals Idee einerseits der unausweichliche Upgrade des niedrig entlohnenden Friseurhandwerks zum sicherheitsrelevanten big business, andererseits und mehr noch störte ihn, rein ästhetisch, dass vor der Frankfurter Börse bald nur Kahlköpfige und an allen möglichen anderen Stellen enthaarte Menschen herumlungern würden, um sich ihren Wein, Prosecco oder Champagner kredenzen zu lassen. Eine Diskriminierung von Natur aus Unbehaarter wäre unvermeidlich, nicht hinnehmbar, und außerdem von was sollten die betroffenen Investmentbanker letztendlich leben? Die Boni seien in der Krise auch nicht mehr das, was sie in Boomzeiten einmal gewesen seien. Bei dem Tempo, das derzeit an den Märkten herrsche, wären alle Börsenhändlerhaare in ein, zwei Tagen entfernt und somit die Grundlage zur Beglaubigung weiterer Deals genommen, was ja offensichtlich einem Berufsverbot gleichkäme. Auch der Gleichheitsgrundsatz würde auf das eklatanteste verletzt; welche Frau würde unter diesen Rahmenbedingungen als Investmentbankerin arbeiten wollen? So kämen Firmen nie auf die gesetzlich zur freiwilligen Umsetzung empfohlene Frauenquote. Männer mit behaarter Brust, und/oder Rücken, mit sprießenden Bärten, dichtem Gehörgang- beziehungsweise Nasenhöhlenbewuchs würden unzulässigerweise wirtschaftlich bevorzugt, und der unausweichliche Gang nach Karlsruhe werde vorsorglich bereits geprüft.

In Gedanken bei Smekals Website setzte Zeils Laune sichtlich zu einem kleinen Höhenflug an. Guter Dinge in der Sonne sitzend, ließ er sich seinen Russn und den Wurstsalat schmecken, so dass Steffi, die Zeil eher selten mit einem derartigen Grinsen im Gesicht erlebt hatte, ungläubig fragte:

»Hey, Konrad, was ist los? Du weißt hoffentlich, dass sich Alkohol nicht mit den Glückspillen der Drogenfahnder verträgt, oder haben dich am Ende gar Smekals Website-Buddhas erleuchtet?«

»Der Typ ist gut, Steffi. Smekal ist richtig gut. Wenn sich seine Ideen auch nur ansatzweise umsetzen lassen, wird er als Retter des hoch verschuldeten Abendlandes, Held aller Barbiere und Erleuchteter seiner Zunft gefeiert. Und ich sag es dir, Steffi. Da ist irgendetwas faul, irgendwo liegt der Hund begraben, und wir gehen der Sache jetzt auf den Grund.«

Nachdem sie ihre mittägliche Brotzeit beendet und ihre Befragungsstrategie für das anstehende Gespräch mit Smekal festgelegt hatten – die im Übrigen darin bestand, Smekal verwirren zu wollen, indem sie ihren spontanen Eingebungen und keiner irgendwie gearteten Strategie folgen wollten –, gingen sie zurück zum Parkplatz. Beinahe wäre es zwischen Zeil und Steffi noch zu einem Streit über seine Fahrtüchtigkeit gekommen.

»Komm, gib mir den Schlüssel«, forderte Steffi.

»Warum? Ich hatte doch nur einen Russn.«

»Eben«, antwortete sie, »ich habe was läuten hören, dass heute in Nymphenburg kontrolliert wird.«

Widerwillig gab Zeil nach und überließ Steffi den Fahrersitz. Nichts wäre peinlicher gewesen, als sich von Streifenkollegen erwischen zu lassen. Trunkenheit am Steuer, dazu noch im Dienst, machte sich nicht gut in der Personalakte.

Vorbei an der alten, freitragenden Posthalle, die Arnulfstraße stadteinwärts unter der Donnersberger Brücke hindurch, gelangten sie in das neu gebaute, von architektonischem Einfallsreichtum schier berstende Wohn- und Büroviertel am Arnulfpark.

Steffi parkte den Golf direkt vor dem Eingang des in seiner Schlichtheit sicher einmaligen Bürogebäudes. Ganz Trutzburg massiver, an die Fassaden gehängter Marmorplatten und verspiegelter, schießschartenschmaler Fenster, aus denen sich auch im Insolvenzfall niemand zu Tode stürzen konnte. Das plexigläserne Firmenschild mit der schwarzen Aufschrift KARMA PERFORMANCE schien von innen heraus zu leuchten und changierte in der Farbgebung – analog den Farben der Website - von Tiefblau langsam und kontinuierlich zu einem satten, warmen Orangeton. Zeil dachte, dass die Wirkung nachts um einiges eindrücklicher sein müsste.

»Smekal versteht sich zu inszenieren«, meinte Steffi, als ein Wachmann aus dem Gebäude eilte.

»Hier können Sie nicht parken! Haben Sie das Schild nicht gesehen?«

»Wir können. Jederzeit, immer, vierundzwanzig Stunden am Tag, dreihundertfünfundsechzig Tage im Jahr. Okay?«

Zeil genoss hin und wieder ganz bewusst die Macht seines Amtes. Der Zerberus, in Gestalt eines uniformierten und tätowierten Sicherheitsdienstbeschäftigten, verwandelte sich - bei Vorlage von Steffis und Konrads Dienstausweisen - in einen artigen Mischlingsrüden, der sämtliche Hundeschulen der Stadt, vom Kindergarten bis zur Universität, mit Erfolg durchlaufen zu haben schien.

Bei Smekals Vorzimmerdame hätte Zeil seinen Spruch gerne ein weiteres Mal angebracht, doch Steffi hatte mit ihr einen Termin vereinbart, da Herr Smekal laut Auskunft seiner Sekretärin gerne und häufig unterwegs auf Geschäftsreise sei, Firmen nicht nur im Inland, sondern auch deren zum großen Teil ausgelagerten Produktionsstätten im billigeren Baltikum und im ehemaligen Ostblock besuchen müsse. Das Wort »billiger« hatte Zeil eigenmächtig ergänzt, als Steffi ihn bezüglich des Termins informierte. Sie wurden bereits erwartet und von der im elegant schwarzen Kostüm gekleideten Dame problemlos in Smekals

Büro geleitet.

Thorsten Smekal empfing sie ganz in Weiß. Weißer Teppich, weißer Schreibtisch, weißes Telefon, eine weiße Couch, über der ein großformatiges, ganz in Weiß gehaltenes monochromes Kunstwerk vergebens um Beachtung buhlte. Der Mann selbst, an die einsneunzig groß, schulterlange, weiße Haare, hageres Gesicht, weißes Brillengestell, weißer Anzug, weiße Socken, weiße Edeltreter, setzte sich wohl des einzigartigen Kontrasts wegen in seinen überdimensionierten schwarzen Chefsessel. Zeil glaubte eine gewisse Ähnlichkeit feststellen zu können zwischen Smekal und einer in sich selbst versponnen wirkenden Gestalt, die er in seinen Münchner Anfangszeiten in einem kleinen Park im Norden Münchens kontrollieren durfte. Zeils Erinnerung verflüchtigte sich schnell.

»Frau Ziegler, Herr Zeil«, Smekal blickte von seinen Unterlagen hoch und bot ihnen mit einer knappen Geste an, vor seinem Schreibtisch Platz zu nehmen.

»Kein schöner Anlass, der Sie hierher führt. Es ist das erste Mal, dass ich Besuch seitens der Staatsgewalt erhalte.«

Zeil war versucht, mit einem knappen »wird schon« zu antworten, verkniff sich angesichts der ernsten Angelegenheit aber den müden Scherz. Weder Steffi Ziegler noch Konrad Zeil hatten das Angebot angenommen, sich zu setzen. Zeil war an das schmale Fenster getreten und genoss die Aussicht aus dem siebten Stock des Bürogebäudes auf die Gleisanlagen der S-Bahn, auf mutmaßlich verspätete Züge des Regionalverkehrs und auf die allerneueste Generation schneidiger, repräsentativer ICE des Fernverkehrs der Deutschen Bahn AG. Sein Blick schweifte, soweit das bei dem Fenster überhaupt möglich war, über das Bahngelände, über im Sonnenlicht funkelnde Schienen, über Weichen, Signalanlagen, Oberleitungen hin zur altehrwürdigen Hackerbrücke, die diesen quecksilbrig glänzenden Strom verbauten Metalls in ihrer Gänze querte. Zeil fragte sich, ob das Bürogebäude, in dem sie sich befanden, einmal ein mit diesem Blickfang von Brücke vergleichbares Alter erreichen würde, und gab sich gleich selbst die Antwort, war doch in allem, was heutzutage erdacht, entworfen, produziert oder gebaut wurde, das Verfallsdatum konstruktionstechnisch bereits mit eingeplant worden. Langlebigkeit und Zuverlässigkeit waren Eigenschaften, die wirtschaftlich als nicht relevant erschienen, ja im Wortsinne als kontraproduktiv, einer kreativen Zerstörung entgegengerichtet und als nicht mehr opportun angesehen wurden. Produkt- und Verbrauchszyklen wurden kürzer. Mit Handys und Smartphones fing es an, bei den Mitarbeitern hörte es auf. Dem modernen Bürokomplex gab Zeil in Gedanken vielleicht zehn, wenn es hochkommt fünfzehn Jahre, bevor eine gründliche Sanierung anstand. Seine gute Laune war verflogen. Er wandte sich Smekal, dem Eigentümer und Chef von KARMA PERFORMANCE, zu.

»Herr Smekal, wo waren Sie am vergangenen Samstagvormittag? Fangen Sie ruhig in der Früh beim Zähneputzen an, und schildern Sie uns Ihren Tagesablauf bis zur Mittagszeit.«

Zeil kam gleich zur Sache. An Hand des Zustandes der beiden Leichen, dem Verwesungs- und Zersetzungsgrad des Gewebes hatte die Pathologie den mutmaßlichen Tatzeitraum eingrenzen können. Die Email mit dem angehängten Bericht war die erste gewesen, die er heute Morgen geöffnet und gelesen hatte.

»Sie glauben doch nicht im Ernst, dass ich meine Mutter umbringen könnte«, antwortete Smekal ruhig.

»Wir glauben gar nichts, Herr Smekal. Wenn es um Glaubensfragen geht, wenden Sie sich bitte an die beiden Amtskirchen oder gleich an die Ihnen sicher einschlägig bekannten Institute der Wirtschaftswissenschaften. Beantworten Sie doch bitte einfach meine Fragen«, forderte Zeil.

»Wie schaut es mit Ihrem Stiefvater aus?«, Steffi legte nach, »könnten Sie den umbringen?«

»Was erlauben Sie sich eigentlich …?« Smekal wurde laut und stand kurz davor, die Fassung zu verlieren, besann sich eines Besseren und antwortete mit einem verstehenden Lächeln: »Okay. Das ist Ihre Methode. Sie provozieren, weil Sie nichts Konkretes in der Hand haben. Ich habe natürlich weder meine Mutter noch Jürgen Naumburg ermordet. Mal abgesehen von der Unverschämtheit, die hinter dieser

Unterstellung steckt, würde ich Jürgen nicht als meinen Stiefvater bezeichnen, als nicht mehr ganz neuen Partner meiner Mutter vielleicht ... Na ja. Ich habe die beiden ewig nicht mehr gesehen, der Kontakt ist ziemlich sporadisch. Mit meiner Mutter telefoniere ich alle zwei bis drei Wochen. Die beiden sind ja ständig unterwegs von einer Wellness-Oase zur nächsten. Getroffen habe ich sie das letzte Mal an ihrem Geburtstag im Februar, aber ohne ihren Jürgen.«

»Hört sich nicht so an, als ob sie sich mit ihrem Stiefvater besonders gut verstanden hätten«, meinte Steffi. Smekal ignorierte die erneute Provokation.

»Ich war längst aus dem Haus, habe studiert, als sie ihn kennen gelernt hat. Ich weiß nicht, was sie an ihm gefunden hat. Schlechtes Karma. Ich habe ihr immer gesagt, der Kerl hat schlechtes Karma, sie soll die Finger von ihm lassen. Was Karma betrifft, bin ich Spezialist. Aber meine Mutter ist eine erwachsene Frau und trifft ihre eigenen Entscheidungen – wo die Liebe hinfällt. Und ich hatte recht, leider. Was mich wirklich wütend gemacht hat, war, dass er sie in seine krummen Geschäfte mit hineingezogen hat. Immobiliendeals. Als ob er in seiner Position als EU-Qualitätsbeauftragter nicht genug verdient hätte. Aber wohin mit dem ganzen Geld? Betongold. In heutigen Zeiten die ideale Anlage. Automatische Wertsteigerung. Hat sich damit gebrüstet, dass er in Immobiliengeschäften eigentlich ein Profi sei, jeden Makler mit seinen Kenntnissen in die Tasche stecke, und dass es ein leichtes sei, sich auf diesem Markt eine goldene Nase zu verdienen, weil man es fast durchweg mit Amateuren zu tun hätte, die von der Materie und der Rechtslage keine oder zu wenig Ahnung mitbrächten. Wohnungen hat er am liebsten privat gekauft, am besten von einfachen Angestellten, Ingenieuren oder Rentnern, die sich die Maklergebühren sparen wollten. Ab und an waren aber auch Makler beteiligt. Er hat es immer irgendwie geschafft, den Kaufpreis zu mindern. Alles nach Recht und Gesetz natürlich. Wenn überhaupt jemand seine Scham darüber, übervorteilt worden zu sein, überwinden konnte und geklagt hatte, dann ist Jürgen vor Gericht damit durchgekommen, weil er seine Masche nie öfter als einmal in der gleichen Gegend durchgezogen hatte und damit der Gerichtsstand der Zivilprozesse jeweils ein anderer war. Anzeigen wegen Betruges haben auch nicht gefruchtet, da alles notariell abgesegnet war. So kam er jedes Jahr mindestens an eine Wohnung. In gehobener Lage. Die Lage sei alles, hat er gesagt. Nach zehn Jahren hat er die Wohnung steuerfrei und mit sattem Gewinn verkauft, um den Erlös gleich in das nächste Projekt zu stecken. War ein Hobby von ihm. Ich glaube, es ging ihm weniger darum, Vermögen anzuhäufen – sicher auch – als vielmehr darum, sich selbst die eigene Grandiosität, wirtschaftliche Intelligenz und Genialität zu bestätigen. Wenn Sie meinen, Frau Ziegler, habe ich mich mit ‚meinem Stiefvater' – wenn Sie ihn unbedingt so nennen wollen - wirklich nicht verstanden. Aber umgebracht habe ich ihn nicht, und meine Mutter erst recht nicht.«

»Trotzdem, Herr Smekal, wo waren Sie am Samstagvormittag?« Zeil wiederholte seine Frage.

»Frau Ackermann, meine Sekretärin, kann Ihnen da sicher weiterhelfen.«

Smekal griff zum Telefon und drückte die Freisprechtaste.

»Frau Ackermann, können Sie bitte mal nachsehen, welche Termine am Samstagvormittag anstanden?«

»Einen Moment bitte. So. Neun Uhr, Kanzlei Ramm, Schwert und Loss, zwölf Uhr Mittagessen mit Heike, ...«

Mit einem »Vielen Dank, Frau Ackermann«, unterbrach Smekal das auf laut gestellte Telefonat. Zeil konnte ein leichtes Grinsen nicht unterdrücken – ihm gefiel Smekals Ironie, eine Sekretärin namens Ackermann zu beschäftigen.

»Und Sie bekommen da auch am Samstag einen Termin, Herr Smekal?«, hakte Zeil nach.

»In welcher Welt leben Sie eigentlich, Herr Zeil? Im Gegensatz zu Ihnen bin ich kein Beamter. Glauben Sie, ich kann es mir als Geschäftsmann leisten, mit Dienstleistungsunternehmen zusammenzuarbeiten, die auf das Wochenende Rücksicht nehmen?«

»Wir werden das überprüfen, Herr Smekal«, warf Steffi ein.

»Machen Sie das«, war Thorsten Smekals kurze Replik, bevor er sich wieder seinen Papieren zuwandte. Zeil hatte sich die von Frau Ackermann genannten

Namen bereits notiert, als er mit Steffi Ziegler den Aufzug nach unten nahm und sie an dem düster dreinblickenden Wachmann in der Lobby vorbei zu ihrem regelwidrig geparkten Auto gingen.

13

Anna fühlte sich gerädert, zermürbt von zwei aufeinander folgenden Nächten, in denen sie nicht zur Ruhe gekommen war, kaum Schlaf gefunden hatte. Miriam war nicht erreichbar gewesen, dafür hatte Anna drei weitere Summ-Anrufe ihres die Rufnummer unterdrückenden Stalkers erhalten, bevor sie entnervt den Stecker gezogen hatte.

Die Stromversorgung der Anlage in der Wohnung unter ihr hätte sie ob des Lautstärkepegels gerne gekappt. Um sich zu beschweren, eine Auseinandersetzung anzufangen, fehlte Anna die Kraft - und der Gedanke, wegen nächtlicher Ruhestörung die Polizei einzuschalten, erschien ihr recht spießig. Gegen halb drei wurde die Musik leiser, Anna flüchtete in einen traumlosen, wenig erholsamen Zustand, der mit gesundem Schlaf nichts gemein hatte.

Fremd und fehl am Platz - wie ein blondinenbestückter Geländewagen in der Großstadt — war Anna durch ihren Arbeitstag gesteuert, froh, dass auf den eingefahrenen schmalen Straßen ihrer Arbeitsroutinen kaum Gegenverkehr herrschte.

Am Morgen, als sie in die Arbeit fuhr, hatte Anna das unbestimmte Gefühl, verfolgt zu werden. Ein flüchtiger Eindruck nur, verursacht durch einen schwarzen BMW, der zweimal auf ganz unterschiedlichen Abschnitten ihres Arbeitsweges in ihrem Rückspiegel auftauchte, dann aber verschwunden war, kurz bevor sie ihr Ziel erreicht hatte. Seit sie den Film »Matrix« gesehen hatte, achtete Anna stärker auf Déjàvus. Wahrscheinlich hatte sie sich getäuscht. Jetzt, auf dem Heimweg, war sie sich sicher – der gleiche schwarze BMW.

Annas Müdigkeit war wie weggeblasen. War er hinter ihr her? Der Stalker? Oder der Sicherheitsdienst ihrer Firma? War sie aufgeflogen?

Damals in Wiesbaden auf dem Seminar, bei dem sie Konrad kennen gelernt hatte, war sie angeworben worden, akquiriert von »Index«, dem Mann vom BKA. »Index«, alias Bernhard Schröder, wie der Mann sich nannte - wahrscheinlich auch das ein Falschname –, war geschickt vorgegangen, hatte Informationen über die Suchtproblematik ihrer Schwester gekonnt benutzt und eingesetzt, Anna dazu zu bewegen, Interna der STRANGE AG zu berichten. Man brauche sie, um einer groß angelegten Geldwäsche auf die Spur zu kommen. Drogengelder würden über STRANGE verschoben, so der Verdacht. Als ambitionierte Führungskraft, die sicher bald in der Hierarchie ihres Konzerns aufsteigen werde, sei sie ideal, das Gestrüpp weit reichender Beteiligungen und Verflechtungen innerhalb der STRANGE AG zu durchdringen, um so an Hintermänner und Investoren heranzukommen. Allein schon ihrer Schwester zuliebe sei sie moralisch verpflichtet, dabei zu helfen, diesen Sumpf trocken zu legen, hatte Schröder gesagt. Um letzte Zweifel auszuräumen, hatte er ihr Fotos vorgelegt, die, mit einem Teleobjektiv aufgenommen, ihren Vorstandsvorsitzenden Wolfgang Abt beim Golfen mit einem angeblichen Drogenboss zeigten. Auch um den Verdacht gegen ihre Firma auszuräumen, hatte sich Anna auf das Spiel eingelassen, Informationen bezüglich fragwürdiger Verbindungen der STRANGE AG in den ehemaligen Ostblock sowie den südameri-kanischen und ostasiatisch-pazifischen Raum zu be-schaffen.

Sie hätte »Nein« sagen sollen, sich nie auf »In-dex« und seine Schlapphut-Spielchen einlassen sol-len. Was hätte schlimmstenfalls passieren können? Dass Informationen über ihren familiären Background durchgesickert wären? Auch andere Menschen hat-ten Probleme. Nein, sie hatte Angst gehabt, dass das mühsam erarbeitete Bild einer gutbürgerlichen Her-kunft zerstört worden wäre und sie für die Kreise, in denen sie sich nun bewegte, nicht mehr tragbar sein könnte. Dass ihr ein Makel anhaften würde, der ihre weitere Karriereplanung ein für allemal erledigte. Sie hatte es geschafft, sich mit aller zur Verfügung ste-henden Kraft aus ärmlichsten Verhältnissen nach oben zu arbeiten. Eine Leistung, auf die sie stolz sein konnte und die in der heutigen Zeit nahezu unmög-lich war, zu vollbringen. Ihrer Grundschullehrerin, die Annas Mutter hartnäckig bearbeitet hatte, war es zu verdanken, dass sie auf das Gymnasium gehen durfte.

Nicht einmal Miriam, geschweige denn Konrad wusste von ihrer Vergangenheit. Wütend schlug sie aufs Lenkrad. Das hatte sie jetzt davon. Was konnte sie tun? Ein Katz-und- Maus-Spiel anzetteln? Ihre Verfolger abschütteln? Unrealistisch - es würde nichts bringen. Gegen ehemalige Geheimdienstler und Polizisten, die der Sicherheitsdienst ihres Konzerns beschäftigte, hätte sie keine Chance, außerdem wussten die, wo sie wohnte. Warum dann die Beschattung? Am besten so tun, als hätte sie nichts bemerkt. Also nach Hause, da war sie sicher und konnte in Ruhe überlegen, welche Optionen ihr blieben.

Diesmal kurvte Anna fast zwanzig Minuten durch ihr Viertel, bevor sie einen passenden Parkplatz fand. Von dem BMW war nichts mehr zu sehen. Entweder hatte der Fahrer aufgegeben oder er hatte mehr Glück als sie bei der leidigen Parkplatzsuche.

Fünf Minuten brauchte Anna noch zu Fuß, bis sie daheim ankam. Verfolger hatte sie nicht bemerkt, obwohl sie mehrmals die Straßenseite gewechselt hatte, um sich unauffällig umschauen zu können. Den Papierkram aus dem Briefkasten nahm sie komplett mit nach oben, aussortieren konnte sie später. Nur schnell die Wohnungstüre hinter sich zumachen.

Erst im Wohnzimmer merkte Anna, dass etwas anders war als sonst. Subtile Veränderungen nur, nichts Offensichtliches. Die Gardinen waren halb zugezogen, so, als hätte jemand verhindern wollen, von außen gesehen zu werden. Anna ließ ihre Vorhänge stets offen, es sollte hell sein in ihrer Wohnung.

Jemand war hier gewesen, in diesem Raum, in ihrer Abwesenheit – oder war er am Ende noch hier? Der Verfolger! Der Stalker? Anna ging in die angrenzende Küche und nahm ein Messer aus dem Holzblock. Nicht das große, wuchtige, das sie zum Kleinhacken von Gemüse benutzte, sondern das kleine scharfe Arbeitsmesser, das sie zum Zwiebelschneiden hernahm. Kampflos würde sie sich nicht ergeben. Mit dem Messer in der Hand durchsuchte sie Zimmer für Zimmer ihrer Wohnung. Der Eindringling war nicht mehr hier, aber es bestand auch kein Zweifel, dass ihre Wohnung durchsucht worden war. Wertsachen, Geld, Schmuck, alles war an seinem Platz, aber in ihrem Arbeitszimmer lagen Papiere in der falschen Reihenfolge und das Gehäuse ihres Laptops war noch warm. Es konnte nicht viel Zeit vergangen sein, seit der Einbrecher die Wohnung verlassen hatte, und viel Mühe schien er sich nicht gegeben zu haben, sein Eindringen zu verbergen.

Anna konnte sich nicht erinnern, sich jemals so ohnmächtig und hilflos gefühlt zu haben. Nicht einmal mehr die eigene Wohnung war sicher. In ihrer Verzweiflung hätte sie am liebsten losgeheult, doch diesen Stimmungen durfte sie jetzt auf keinen Fall nachgeben. Sie musste einen klaren Kopf behalten, Entscheidungen treffen. Die Polizei rufen? Nein, das würde – außer einer Menge an lästigen Fragen – nichts bringen, die Polizei würde nichts finden, die Wohnungstüre war nicht aufgebrochen oder beschädigt, Wertsachen waren nicht weggekommen und sensible Firmendaten blieben stets an ihrem Arbeitsplatz in der Zentrale ihres Konzerns in Mitte. Wenn man sie überhaupt ernst nehmen würde angesichts magerer Hinweise, wie halb zugezogener Vorhänge und einem warmen Laptop-Gehäuse, das sich bis zum Eintreffen der zuständigen Beamten mit Sicherheit abgekühlt haben würde. Fingerabdrücke würden wahrscheinlich auch nicht zu finden sein, dachte Anna.

Wenn aber ihre Widersacher nicht gefunden hatten, was sie suchten – und davon musste Anna ausgehen –, was wäre ihr nächster Schritt? Sie würden versuchen, direkt an sie heranzukommen, würden versuchen, sie in ihre Gewalt zu bekommen. Am einfachsten war das hier im Haus, in ihrer Wohnung, das Türschloss war – allem Anschein nach – kein Hindernis. Wer würde sie im Notfall hören, wenn aus der WG die Musik dröhnte?

In ihrer Wohnung war sie nicht mehr sicher. Sie musste weg, raus hier und zwar schnell. Doch wohin? Zu Miriam! Auf ihre beste Freundin war Verlass. Während Anna Wäsche und ihre wichtigsten Habseligkeiten in einer Sporttasche und einem Rucksack verstaute, versuchte sie Miriam zu erreichen. Nur die Mailbox. Fast hätte Anna losgeheult, als sie Miriams Stimme hörte. Sie riss sich zusammen, schilderte kurz ihre verzweifelte Lage und kündigte Miriam an, bei ihr vorbei zu kommen und für ein, zwei Tage Unterschlupf und Zuflucht zu suchen.

Anna ließ das Licht brennen, als sie ihre Wohnung verließ. Sie hoffte, auf diese Weise ihre Verfolger oder eventuelle Beobachter in die Irre führen zu können. Ihr Business-Outfit hatte sie gegen Sportsachen und Turnschuhe getauscht. Die Kapuze ihres Sweatshirts über den Kopf gezogen, stahl sie sich im dunklen Treppenhaus nach unten, ging durch das Hinterhaus und über die Höfe, bis sie einen Durchgang auf die Reichenberger Straße entdeckte. Ihr improvisierter Plan war geglückt. So weit Anna es beurteilen konnte, war ihr niemand gefolgt.

14

BERLIN
DONNERSTAG ABEND

Anna trat hinaus auf die menschenleere Straße. Der Hundertneunundzwanziger Bus hatte gerade seine Haltestelle verlassen, bog um die Ecke und fuhr ohne sie in Richtung Roseneck davon. Dann eben zu Fuß zum Görlitzer Bahnhof. Mit der U1 würde sie bis zur Endstation Uhlandstraße fahren und Miriam zu Hause in Charlottenburg einen Besuch abstatten. Es würde alles wieder ins Lot kommen.

Den hellen Van, der direkt neben ihr hielt, bemerkte Anna zu spät. Obwohl sie ähnliche Szenen bestimmt tausendmal in Film und Fernsehen zu sehen bekommen hatte, war Anna überrascht, wie schnell alles ging. Eine seitlich angebrachte Schiebetüre öffnete sich, und obwohl sie sich nach Kräften zu wehren versuchte, wurde sie von geübten Männerhänden gepackt und nach innen auf die Rückbank verfrachtet. Ein zweiter Mann, der ihr latexbehandschuht den Mund zuhielt, half gleichzeitig von außen schiebend nach. Eingeklemmt zwischen zwei körperlich überlegenen Männern kam sie auf der Rückbank zu sitzen. Anna verfluchte ihre vorschnelle Entscheidung, aus der Wohnung zu fliehen. Dort wäre sie sicher gewesen. Sie hatte sich aufscheuchen lassen

123

wie hirnloses Federvieh. Jetzt befand sie sich in ihrer Gewalt, wer auch immer »sie« waren. Anna konnte nur hoffen, dass jemand ihre Entführung beobachtet, sich das Nummernschild notiert und umgehend die Polizei verständigt hatte. Miriam würde sich vielleicht wundern, wenn Anna nicht bei ihr auftauchte. Auch an der Arbeitsstelle würde es erst einmal Befremden auslösen, wenn sie unentschuldigt fehlen sollte. Bis aber jemand auf den Gedanken käme, eine Vermisstenanzeige aufzugeben, wäre alles zu spät. Die Gesichter der beiden Männer, die sie so schnell überwältigt hatten, könnte sie identifizieren. Man dürfte sie kaum am Leben lassen, dachte Anna. Sie würde jede sich bietende Chance zur Flucht nutzen müssen. Trotz ihrer Angst hatte ihre analytische Schärfe sie nicht verlassen.

Der Mann auf dem Beifahrersitz drehte sich zu Anna um.

15

Willms fanden sie in einem schmalen, bestenfalls sechs Quadratmeter großen, karg möblierten Pensionszimmer in Mittersendling. Der Vermieter hatte es nicht sonderlich eilig und nur wenig übrig für Formular- und Behördenkram, weshalb sich seine Antwort auf die routinemäßige Anfrage im Rahmen einer Personenfahndung, ob er einen »Gunther Willms« beherberge, um einen Tag verzögerte. Willms hatte den Meldeschein korrekt ausgefüllt.

Willms lachte nur, als Zeil ihn mit dem Tod von Helga und Jürgen Naumburg konfrontierte. Kein fröhliches Lachen. Ein geronnenes Lachen, säuerlich, wie die Altmännerluft des Pensionszimmers, das Willms dem Geruch zufolge seit Tagen nicht mehr verlassen hatte. Ein Lachen, dem Zeil anhören konnte, dass dieser Mann, der da vor ihm auf der Bettkante saß, durch die überbrachte Nachricht noch einen Wirkungstreffer erhalten und nun nichts mehr zu verlieren hatte. Willms' Lachen ging in Schluchzen, dann in ein leises Weinen über, bevor auch das erstarb. »Black hole sun«, der Song von Sound Garden, kam Zeil in den Sinn. Der Mann schien implodiert zu sein, einsam und schwer in der Kälte des Alls, nur um sich selbst noch drehend, die Reste seiner Persönlichkeit dem Ereignishorizont seiner Niederlagen schutzlos ausgeliefert. »Black hole sun, won't you come, and wash away the rain ...« Das Bild passt nicht, dachte Zeil, von einem Schwarzen Loch ging eine ungeheure Anziehungskraft aus, und davon war bei Willms nichts zu spüren. Eher war es so, als hätte Willms einen RESET-Knopf im Nacken, unerreichbar für ihn selbst. Der Knopf war zur Unzeit gedrückt worden, und ein Fehler auf dem BOOT-Sektor seiner geistigen Festplatte verhinderte das Hochfahren, den dringend notwendigen Systemneustart, der einen normalen Betriebsmodus garantierte. Selbst wenn alle Willms'schen Dateien noch vorhanden sein sollten, käme man nicht an sie heran.

Zeil schwieg. Er wartete. Wenn Willms schuldig war, würde er gestehen. Die Stille, der graue Teppich, die Vorhänge, die Lampe, das fahle Licht, das aus dem Hinterhof hereindämmerte und vergessen ließ, dass draußen eine morgendliche Maisonne strahlte, der alte Schrank, der Aschenbecher auf dem Schreibtisch, der den Raum noch kleiner erscheinen ließ, als es eh schon war, der klebrige Stuhl, auf dem Zeil saß, Steffi, die am Türrahmen lehnte, ihre Anwesenheit und ihr gemeinsames Schweigen, das Zimmer selbst, die Leere, das Fehlen jeglicher Ablenkung – alles hatte sich gegen Willms verschworen und wartete darauf, dass er ein Geständnis ablegte. Zeil konnte warten. Wenn es sein musste, stundenlang. Steffi hatte weniger Geduld.

»Herr Willms...«, Steffi versuchte einen weiteren Neustart, das Willms´sche System zum Laufen zu bringen. Zu Zeils Überraschung gelang der RESET.

»Ich kann nicht mehr.« Der Satz, mit dem Willms sein Schweigen brach, schien an niemanden gerichtet zu sein, am ehesten noch an den grauen Teppich, die verschwiemelten Vorhänge oder den billigen Schrank, jedenfalls nicht an Steffi, die geduldige Brückenbauerin, die Willms zum Reden gebracht hatte, und erst recht nicht an ihn, Zeil, der Willms genau gegenüber saß und trotzdem nicht von dessen Blick erfasst wurde. Zeil rechnete fest damit, dass Willms nun sein Gewissen erleichtern und ein umfangreiches Geständnis ablegen würde. Doch Zeil hatte sich getäuscht.

Willms jammerte ihnen vor, was alles schief gelaufen war in seinem Leben, insbesondere beim Verkauf seiner Wohnung. Das meiste von dem, was Willms zu erzählen hatte, wussten sie bereits von seinem Arbeitskollegen Rico Enders.

Dass die Naumburgs zu Tode gekommen seien, wundere ihn nicht, sagte Willms. Er verwendete tatsächlich den Ausdruck »zu Tode gekommen« und vermied die Formulierung »erstochen und erstickt«. Entweder war Willms – entgegen Zeils erster Einschätzung - doch noch auf diesem Planeten zu Hause und sehr wachsam, oder er wusste wirklich nicht, wie Helga und Jürgen Naumburg ermordet worden waren. Zeil hatte es oft genug erlebt, dass Verdächtige nachlässig wurden, sich selbst überführten, indem sie

Begriffe gebrauchten, die auf Täterwissen schließen lassen konnten. Dann brauchten sie nur nachhaken ...

»Es ist vorbei. Es ist hoffnungslos. Wie soll ich jemals an mein Geld kommen, wenn die Naumburgs tot sind? Jetzt fällt alles den Erben zu ... Die Strafanzeige, der Anwalt, alles umsonst. Das Geld sehe ich nie wieder, und einer Rückabwicklung des Wohnungsverkaufs werden die auch nicht zustimmen, die teilen sich den Kuchen. Ich bin gescheitert, es ist aus ...«

Zeil und Steffi sahen sich an. Der gleiche Gedanke. Zeil sah es ihrem Gesicht an. Das Motiv. Willms hatte kein Motiv. Willms brauchte die Naumburgs, brauchte das Gegenüber, den Feind, die Auseinandersetzung, die die letzte Chance bedeutete, Recht zu bekommen.

»Er hat sein Schicksal herausgefordert, der Herr Doktor, und das seiner Frau dazu. Sie war eigentlich ganz nett, hatte aber nichts zu sagen. Er hat einfache Leute über den Tisch gezogen und Dämonen geweckt, der Naumburg. Hungrige Geister und Dämonen der Gier ziehen Schatten an, unheilvolle Schatten, in denen Hass und Gewalt lauern, ob Sie es glauben oder nicht, Sie brauchen nur die Nachrichten anschauen. Es funktioniert im Großen wie im Kleinen. Das hat alles System, da steckt eine Mafia dahinter, glauben Sie mir. Naumburg hat bekommen, was er verdient, aber um seine Frau tut es mir leid.«

Zeil wunderte sich angesichts der wirren und merkwürdigen Aussagen des vermutlich psychisch gestörten ehemaligen Wohnungsbesitzers nicht, dass sich Willms´ Frau von ihm getrennt und die siebenjährige Tochter gleich mitgenommen hatte. Der Verkauf der Wohnung war erst durch die Trennung notwendig geworden. Willms kämpfte an allen Fronten: um das Sorgerecht für seine Tochter, das ihm in seiner derzeitigen mentalen Verfasstheit kein Richter zusprechen würde, um den noch ausstehenden Betrag, den er mit Dr. Naumburg für den Verkauf der Wohnung ausgehandelt hatte und um den letzten Rest seiner Selbstachtung.

Ob Willms dagegen ein Mörder war, stand auf einem anderen Blatt Papier. Das scheinbare Fehlen eines Motivs musste nichts bedeuten. Dem Offensichtlichen war in Sachen Mord nicht zu trauen, das wusste Zeil aus langjähriger Erfahrung. Verdeckte Motive konnten immer noch zu Tage treten. Angestaute Wut, eine narzisstische Kränkung als Auslöser, als Trigger in Verbindung mit einem kurzen Verlust der Impulskontrolle - schon war man bei Totschlag. Die zweite Tat allerdings, das Ersticken von Frau Naumburg, notwendig geworden, um den vorangegangenen Totschlag zu verdecken, das war eine Handlung, auf die alle drei Mordmerkmale zutrafen: Vorsatz, Heimtücke und niedere Beweggründe.

Zeil glaubte, dass ausnahmslos alle Menschen - eine entsprechend kritische Situation vorausgesetzt - zu Mördern werden konnten. Gerade die von sich selbst Überzeugten, die, die nie auch nur den leisesten Zweifel an ihren Idealen und ihrer Weltsicht aufkommen ließen, die zuerst.

Menschen, naiv wie Willms dagegen, fanden sich – gerade wenn es um viel Geld ging – plötzlich in Situationen wieder, denen sie nicht gewachsen waren. Sie zimmerten sich allerlei Verschwörungstheorien zusammen, um eigenes Scheitern und Versagen auszublenden, gefangen in der Opferrolle, und nur in den seltensten Fällen war ihnen ihr eigener Anteil daran bewusst. In vermeintlich aussichtsloser Lage und angesichts eines übermächtig erscheinenden Gegners neigten sie zu Überreaktionen, zu Übersprungshandlungen von der Körperverletzung bis hin zum Totschlag, fielen in ihrer Persönlichkeit aber depressiv in sich zusammen, wenn ihnen das wahre Ausmaß ihres Handelns und das Scheitern an den eigenen moralischen Ansprüchen klar geworden war. Willms war für Zeil noch nicht aus dem Rennen, was das Casting für die Show vor Gericht betraf. Der Wettbewerb um den Platz in der Zelle der Justizvollzugsanstalt war völlig offen. Opfer und Täter trennte oft nicht mehr als Vorder- und Rückseite eines Vertrages.

»Herr Willms, wir brauchen nur noch eine freiwillige Speichelprobe von Ihnen, dann sind wir weg und lassen Sie wieder in Ruhe.«

Steffi wurde konkret und drückte auf das Tempo. Sie hatten einen Berg Arbeit vor sich und noch etliche Spuren abzuarbeiten.

»Nein!«

»Was heißt hier ,Nein', Herr Willms? Wenn Sie mit der Tat nichts zu tun haben, brauchen Sie auch nichts zu befürchten«, blaffte Steffi.

»Nein heißt nein! Ich kenne meine Rechte. Sie brauchen einen richterlichen Beschluss. Außerdem, ich hab´ da jahrelang gewohnt, natürlich finden Sie da Genmaterial von mir.«

»Herr Willms«, Steffi blieb immer noch geduldig, »es geht auch darum, Sie als Täter ausschließen zu können.«

»Ihr wollt mir nur was anhängen! Ihr steckt mit denen unter einer Decke! Die Immobilienmafia braucht einen Sündenbock, wer weiß, warum die den Naumburg und seine Frau gekillt haben. Nicht mit mir!

Willms hatte seinen Kampfgeist wiederentdeckt, alle Programme schienen zu laufen. Ein neuer Feind war aufgetaucht – die Polizei.

»Jetzt stellen Sie sich nicht so an, Herr Willms, wir können Sie auch auf das Revier mitnehmen«, Zeil hatte jetzt seine Geduld verloren, »und es findet sich garantiert ein Untersuchungsrichter, der bei der momentanen Sachlage U-Haft für Sie anordnet.«

Steffi hatte Einmalhandschuhe angezogen und hielt das Röhrchen mit dem Probenträger griffbereit zur Speichelprobenentnahme.

Willms presste die Lippen fest aufeinander, er sträubte sich noch immer.

»Es reicht, Herr Willms!«, Zeil wurde energisch. »Wir sind doch nicht im Kindergarten! Mund auf!«

»Aber….«

Weiter kam Willms nicht. Steffi hatte die Gelegenheit genutzt, ihm das Wattestäbchen in den Mund zu schieben.

»Weiter auf!«, mahnte Zeil. »Wie beim Onkel Doktor, Sie müssen nicht einmal Aah sagen. Sooo, gut, tut doch nicht weh, oder?«

Willms war den Tränen nah. Sein Aufbäumen war umsonst gewesen.

»War doch nicht so schlimm, oder? Und noch etwas, Herr Willms: Verlassen Sie die Stadt nicht und halten Sie sich in nächster Zeit zu unserer Verfügung. Es könnte sein, dass wir mit neu auftauchenden Fragen noch einmal auf Sie zukommen werden.«

Zeil hasste diese Seite an sich selbst, seinen Zynismus, der stets dann durchbrach, wenn er glaubte, unter Zeit- und Erfolgsdruck zu stehen und Ergebnisse liefern zu müssen. Zimperlich durfte man nicht sein als Polizist, schon gar nicht in seiner Position. Natürlich hatte Willms recht. Sie brauchten eine richterliche Anordnung zur Entnahme einer Speichelprobe. Die »freiwillige Probe« hatte Zeil Willms mehr oder weniger abgenötigt. Doch wenn ihn nicht alles trog, würden die Techniker Willms an Hand des gewonnenen genetischen Materials als Täter ausschließen können. Ihre Leute konnten durchaus unterscheiden, ob Spuren tatrelevant waren oder alleine dadurch entstanden waren, dass Willms einmal in dieser Wohnung gelebt hatte. Willms sollte dankbar sein.

Steffi und Zeil verließen einen Gunther Willms, der auf ihr Grüßen nur mit Schweigen reagierte und dessen Blick ein Eigenleben entwickelte, um einen

traurigen Flirt mit der Pensionszimmertapete zu beginnen.

16

Zeil war froh, der Mittersendlinger Pensionszimmervorhölle entronnen zu sein, in der sich Willms mitsamt seinem Selbstmitleid eingerichtet hatte. Die Befragung des ehemaligen Wohnungsbesitzers hatte kaum neue Erkenntnisse gebracht – dafür war Zeil hungrig geworden. Auch Steffi hatte nichts gegen einen stärkenden Zwischenstopp einzuwenden, bevor sie – statt auf ihrer Dienststelle in der Bayerstraße – im Polizeipräsidium in der Ettstraße zu der von Dr. Burger für heute angesetzten Pressekonferenz antanzen sollten.

»Was hältst du von Saito?«, fragte Steffi, die, wenn es schnell gehen sollte, ebenso wie Zeil der frischen Vielfalt der asiatischen, insbesondere der japanischen Küche zusprach. Zudem gab es dort ein reichhaltiges Angebot an vegetarischen Gerichten.

»Muss es ausgerechnet Saito sein? Es gibt doch tausend andere günstige asiatische Imbissbuden, die auf dem Weg liegen. Das Murgh zum Beispiel, indisch, oder das Krit-Thai-Kitchen, oder …«

»Komm schon, was hast du gegen den kleinen Japaner?«

»Saito ist merkwürdig – und denk doch mal an

Fukushima.«

»Mensch, das ist doch kein Grund, du bist manchmal auch merkwürdig, Konrad«, erwiderte Steffi lachend, »außerdem waren wir da schon eine halbe Ewigkeit nicht mehr. Und wegen Fukushima, da ist die Gefahr bei Saito, der seinen kleinen Laden, sein frisches Gemüse und seine Arbeit wirklich liebt, um einiges geringer als bei den industriell vorgekauten Fertigprodukten der Lebensmittelgroßkonzerne, denen es auf billigste Zulieferer und möglichst schnellen Profit ihrer Aktionäre ankommt.«

Auch Zeil musste lachen.

»Inwieweit bin ich merkwürdig?«

»Vergiss es!«

»Sag schon!«

»Lass gut sein, Konrad.«

Zeil hakte nicht weiter nach, obwohl es ihn schon interessiert hätte, was Steffi an ihm merkwürdig fand. Vielleicht war es besser, nicht allzu genau zu wissen, was Steffi über ihn dachte - die Befragung von Gunther Willms war trostlos genug gewesen. Derart seltsam wie Saito konnte er jedenfalls nicht sein.

»Okay, auf zu Saito ...«

Das kleine Restaurant, das nach seinem Wirt und Besitzer benannt war, lag auf ihrem Weg stadteinwärts in einer Seitenstraße ganz in der Nähe der Arbeitsagentur. Zeil erinnerte sich daran, dass er hier, als er noch Streife laufen musste, zusammen mit einem Kollegen ein studentisches Trio aufgegriffen hatte. Die drei wollten am damals noch als »Arbeitsamt« bezeichneten Gebäude Hinweisschilder der Feuerwehr zur Löschwassereinspeisung überkleben - mit selbst gebastelten Aufklebern mit der Aufschrift »Intelligenzeinspeisung«. Nach einer ausführlichen Belehrung bezüglich Sinn und Nutzen einer umfassend korrekten Beschilderung ließen sie die drei ihrer Wege ziehen. Mit einem der beschlagnahmten Aufkleber hatten sein damaliger Kollege und er dann ein entsprechendes Löschwassereinspeisungsschild am Polizeipräsidium überklebt. Bislang war ihre Aktion niemandem aufgefallen.

Saito begrüßte Steffi und Zeil mit großem Gelächter und knapper Verbeugung.

»Frau Ziegler, Herr Inspektor, bitte Platz nehmen Sie, bitte sehr.«

Der Inhaber des Lokals wies ihnen den Platz direkt am Schaufenster zu. Zeil hatte den kleinen Zen-Garten, der auf der Fensterbank mit Sand, bemoosten Steinen und einem Bonsai-Ahorn gestaltet war, schon von draußen bewundert. Aus veränderter Perspektive zeigte sich das Arrangement gänzlich neu und anders, doch nicht minder perfekt. Zeil glaubte, sich in diesem Garten verlieren zu können, wenn er ihn für längere Zeit betrachten würde.

Die schwarz gebeizten Holzbohlen, die links und rechts neben dem als Tisch vorgesehenen Steinquader in relativer Bodennähe als Sitzgelegenheiten dienten, luden durchschnittlich groß gewachsene Mitteleuropäer kaum zum Verweilen ein. Umständlich faltete Zeil sich in eine schneidersitzähnliche Position, Steffi schien dabei keine Probleme zu haben. Sie bestellte bei Saito, der erneut an ihren Tisch getreten war, grünen Tee, Miso-Suppe und Sunomono, einen Garnelen-Gurken-Salat. Zeil entschied sich für das Hühnchen-Domburi, einem Gericht mit gebratenem Hühnerfleisch, Ei, Frühlingszwiebeln und Nori. Unter letzterem konnte sich Zeil nichts vorstellen. Das an der Theke hängende rote Fähnchen, auf dem sich - schwarz kalligraphiert - japanische Schriftzeichen kunstvoll von deutschen Zutaten-Bezeichnungen abhoben, gab diesbezüglich nichts her. Mit Huhn kann man nichts falsch machen, dachte Zeil.

Das kleine Lokal war mittlerweile gut gefüllt. Saito war bekannt für ein günstiges Mittagsmenü und für seine Udon-Nudelsuppe, die in unterschiedlichsten Varianten auf seinen als Speisekarte dienenden bunten Fähnchen angepriesen wurden. Er war aber auch bekannt dafür, sich hin und wieder Scherze gegenüber Stammkunden zu erlauben.

»Saito ist immer ein Erlebnis«, meinte Steffi, »ganz etwas anderes als das ewige Thai-Curry, oder Börek und Lahmancun vom Türken.«

»Früher, Steffi, da konntest du wirklich was erleben, als es noch eigenständige Metzgereien gegeben hat, und nicht diese investorgesteuerten Profitmaximierungsketten, da sind die Kollegen mit Blaulicht vorgefahren, damit der Leberkäse nicht kalt wird. Weißwürste, kesselfrisch, hier gleich ums Eck, am

Schlachthof bei der Innung, das waren die besten, oder eine gute Leberknödelsuppe, wo kriegst du so was noch? Kesselsuppe, gleich nach dem Schlachten, die kennt heute auch niemand mehr.«

»Du bist so was von gestrig, Konrad«, ereiferte sich Steffi. »Du Fleisch-und-Wurst-Reaktionär! Wenn nur du allein deinen Fleischkonsum halbieren würdest, könnte sich so mancher Konzern sein CO_2-Getrickse sparen.«

Zeil kam nicht dazu, etwas zu erwidern. Saito war mit einer großen Kanne Tee an den Tisch getreten, stellte zwei Trinkschalen vor ihnen ab, auch vor ihm, obwohl Zeil gar nichts zu trinken bestellt hatte, und begann einzuschenken. Mit einer Geste, dem Heben der nach oben geöffneten Hand, und einer kurzen Verbeugung signalisierte Steffi, dass sie genügend Tee bekommen hatte. Der Japaner begann auch ihm einzuschenken.

»Danke«, sagte Zeil. Der Tee floss weiter. »Danke, genug!« Zeil versuchte es erneut, Saito goss weiter. Hastig imitierte Zeil Steffis Geste und Verbeugung. Zeils Becher war randvoll, als der Wirt zum nächsten Tisch eilte.

»Was war jetzt das?«, fragte Zeil Steffi, nachdem der kleine Mann verschwunden war. »Saito ist merkwürdig, glaub mir.«

»Andere Länder, andere Sitten«, erklärte Steffi. »Hast du bei der Schulung zur interkulturellen Kompetenz im polizeilichen Alltag gefehlt?«

»Keine Ahnung. Da hatte ich bestimmt einen Einsatz, oder ich war im Urlaub. Wann soll das überhaupt gewesen sein?«

»Lass dich nicht verarschen, Konrad. Glaubst du im Ernst, so etwas lernt man in einem Polizeiseminar?«

Saito kam mit dem Essen. Steffis Miso-Suppe duftete und sah mit den obenauf gestreuten Frühlingszwiebelröllchen sehr appetitlich aus. Die in der Suppe schwimmenden Tofu-Würfel fand Zeil hingegen ziemlich abschreckend. Der mit Ingwer und Sesamkörnern angerichtete Garnelen-Gurken-Salat entsprach in seiner schwarzen Lackbox ganz dem minimalistischen japanischen Design. Sieben Gurkenscheibchen und drei Garnelen, Zeil hatte nachgezählt – wie konnte Steffi davon nur satt werden? Zeil öffnete seine irdene Domburi-Schüssel, die Saito vor ihm hingestellt hatte.

»Nein! Das ist doch kein … Das habe ich nicht bestellt!«, Zeil fluchte halblaut vor sich hin – anscheinend war heute er dazu auserkoren, das Opfer Saitos mäßig amüsanter Scherze abzugeben. Statt auf das gewünschte Hühnergericht blickte Zeil auf eine Portion Klebreis, auf der ein einziges, einer verschrumpelten Kirsche ähnelndes Objekt drapiert war.

»Saito!«, rief er. »Das habe ich nicht bestellt! Ich wollte Hühnchen!«

»Hai! Umeboshi! Sie brauchen! Essen Umeboshi! Sehr gut, Herr Inspektor, Sie brauchen! Hai!«

Dann folgte ein japanischer Satz, aus dem Zeil so etwas wie ein langgezogenes »Iiih-Dess« herauszuhören vermeinte, bevor Saito sich umdrehte und in Richtung Küche verschwand.

»Wenn du nicht komplett dein Gesicht verlieren willst, dann verzichtest du jetzt besser auf einen Aufstand oder die übliche Randale«, zischte Steffi.

»Ich hätte gute Lust, diesen Zen-Koch das Klatschen einer Hand spüren zu lassen ...! Ich glaub es nicht!«, Zeil war außer sich.

»Jetzt halt die Luft an, Konrad! Umeboshi sind salzig und sauer eingelegte japanische Ume, eine Pflaumen- oder Aprikosenart. Samurai aßen sie, bevor sie in die Schlacht zogen, um ihren Geist zu schärfen. Du solltest dich mehr als nur geehrt fühlen, wenn Saito dir diese seltene Köstlichkeit vorsetzt.«

Zeil wusste, dass Steffi seit einiger Zeit Zazen praktizierte. Japanische Meditation im Sitzen, bei einem Meister, der sie an ihre Grenzen brachte. Es hatte sie ruhiger und ausgeglichener werden lassen. Auch an einem Sesshin, einer im Schweigen verbrachten Meditationswoche, hatte Steffi bereits teilgenommen. Was es für eine Frau bedeuten musste, eine Woche lang zu schweigen, würde er als Mann nie nachvollziehen können. Seit jener Woche hatte Steffi ein Japan-Faible entwickelt und sie beschäftigte sich – wenn es die Familie zuließ – in ihrer knapp bemessenen Freizeit mit der Kultur des Landes, das eine aufgehende rote Sonne im Zentrum seiner Flagge trug.

»Trotzdem ...«, meinte Zeil und fühlte sich ob Steffis Erklärung wieder halb besänftigt. Dem Bild eines Samurais kurz vor der Schlacht - konzentriert, in sich ruhend, reine Energie — konnte Zeil angesichts des kniffligen Falles, an dem sie arbeiteten, durchaus etwas abgewinnen.

»… muss ich das jetzt essen?«

»Hast du Hunger?«

»Ja!«

»Dann iss!«

Die Domburi-Schüssel direkt vor seinen Mund haltend, schob sich Zeil die Umeboshi mit den Essstäbchen in den Mundwinkel. Beinahe hätte er wieder ausgespuckt, derart salzig schmeckte das getrocknete Obststückchen. Zeils Gesicht entgleiste. Saito, der ihn beobachtete, als er die Umeboshi hinunterwürgte, war keinerlei Gemütsregung anzusehen.

Zeil hatte seine Schüssel Reis komplett aufgegessen. Er brauchte den Reis, ebenso wie die Schale grünen Tees, um den extrem salzigen Geschmack, den die Umeboshi hinterlassen hatte, zu neutralisieren. Insgeheim schwor er sich, in Zukunft einen weiten Bogen um das kleine japanische Restaurant zu machen und keinen Fuß mehr in Saitos Folterkammer verzichtbarer Geschmackserlebnisse zu setzen, würde Steffi auch noch so betteln.

Wenn sie noch rechtzeitig zu Burgers Pressekonferenz erscheinen wollten, mussten sie jetzt aufbrechen. Dr. Burger hasste nichts so sehr wie Unpünktlichkeit seiner Untergebenen. Er selbst nahm es diesbezüglich nicht allzu genau, doch die Presse würde auch er nicht über Gebühr warten lassen. An der Theke verlangte Zeil die Rechnung. Nur Steffis Essen war darauf aufgeführt – Saito hatte ihm nichts berechnet und verabschiedete sie beide mit knapper Verbeugung.

Eine halbe Stunde vor der angesetzten Uhrzeit trafen Zeil und Steffi im Präsidium ein. Genügend Zeit, um sich, falls notwendig, mit Dr. Burger abzusprechen, ihm die neuesten Entwicklungen ihrer laufenden Ermittlungen zu unterbreiten und die Rollenverteilung in der öffentlichen Sitzung festzulegen. Nicht, dass daran etwas unklar gewesen wäre. Steffi und Zeil waren als Burgers begleitende Entourage vorgesehen, Statisten ohne Sprechrollen in einem vorhersehbar choreographierten Bühnenstück. Sie mussten auf ihn ebenso warten wie die anwesenden Reporter. Burger rauschte mit zehnminütiger Verspätung in das an den Sitzungssaal angrenzende Besprechungszimmer.

»Gibt es einen Durchbruch? Eine Festnahme?«, fragte er.

»Bislang nicht«, antwortete Zeil.

»Na, dann hurtig, die Pressemeute nebenan wird unruhig.« Hinter Dr. Burger betraten sie den Sitzungssaal und setzten sich linker-, beziehungsweise rechterhand neben ihn. Ihr Vorgesetzter begrüßte die anwesenden »Damen und Herren Journalisten«, drückte sein Bedauern bezüglich des Todes von Helga und Dr. Jürgen Naumburg aus, »Leistungsempfänger, (hier versprach er sich) ähm, ich meinte natürlich

Leistungsträger unserer Gesellschaft, die nur schwerlich zu ersetzen sein werden«. Burger vergaß auch nicht, den Hinterbliebenen sein »zutiefst empfundenes Mitgefühl« auszusprechen, bevor er seine übliche Floskel von den »in allen Richtungen auf Hochtouren laufenden Ermittlungen« auspackte. Konkreten Nachfragen einzelner Reporter begegnete ihr Chef mit souverän vorgetragenen, mageren Belanglosigkeiten und vorgestanzten Mustersätzen aus dem Handbuch polizeilicher Öffentlichkeitsarbeit.

Zeil schaltete geistig ab, als Dr. Burger – ausgehend von der »… besonderen Gefährdungslage, in der sich die oberen Zehntausend befinden …« »… angesichts unverschuldeter gesellschaftlicher Disparitäten und einer damit einhergehenden immer weiter um sich greifenden Neidgesellschaft …« – begann, sein Lieblingsthema anzusteuern: den Abgleich der europaweit personalisierten umfassenden Datenerfassung und -speicherung mit einer sich im Aufbau befindenden DNA-Datenbank des transatlantischen großen Bru…, äh Kollegen, zum Zwecke einer wie auch immer gearteten »Zusammenarbeit auf Augenhöhe«. Mangelnde Ambitionen, sich sicherheitspolitisch zu profilieren und sich für einen höher angesiedelten Posten, zum Beispiel im Innenministerium, zu empfehlen, konnte man seinem Chef jedenfalls nicht vorhalten, dachte Zeil. Vermutlich waren auch Aktien der ein oder anderen Hightech-Firma im biometrischen und/oder optoelektronischen Sektor mit im Spiel.

Zeil kannte die politische Linie seines Vorgesetzten zur Genüge. Geschätzte dreihundertachtundsechzig Mal hatte er sich diese oder ähnliche Reden anhören dürfen. Wahrscheinlich hatte der mit allen Mitteln manipulatorischer Gesprächsführung vertraute Dr. Burger auch suggestiv wirkende rhetorische Elemente eingebaut. Zeil driftete geistig ab, dissoziierte, fand sich in Saitos kleinem Zen-Garten wieder. Der Geschmack der Umeboshi meldete sich zurück und verhalf Zeil zu ungewohnter geistiger Klarheit. Er hatte etwas übersehen, etwas, das direkt vor seinen Augen lag. Bei Saito war er darauf gestoßen. Zeil wusste nicht mehr, um was es sich gehandelt hatte.

17

MÜNCHEN
FREITAG ABEND / SAMSTAG VORMITTAG

Im Anschluss an die ermüdende Pressekonferenz machte sich Zeil auf den Weg in Richtung Marienplatz. Die permanenten Wallfahrten der Konsumgläubigen in der Kaufingerstraße meidend, nahm er den Weg über die Löwengrube und den Dom zum Marienhof, um den geringer frequentierten Zugang zu U-Bahn zu nutzen. Sein Fahrrad stand noch in der Bayerstraße, er würde auch morgen am Samstag in der Früh öffentliche Verkehrsmittel in Anspruch nehmen. Solange sie in ihrem Fall keinen Durchbruch erzielten, war an ein freies Wochenende nicht zu denken. Für heute war es genug. Zeil fühlte sich erschöpft. Er wusste nicht, was ihn stärker mitgenommen hatte – die hässliche japanische Pflaume, die sich irgendwo durch seine Eingeweide ätzte, oder die hohlen Phrasen seines Vorgesetzten, denen er öffentlich nicht widersprechen durfte, wollte er nicht seinen sicheren, freistaatlichen Arbeitsplatz und die damit verbundenen Pensionsansprüche riskieren. Seine besondere Treuepflicht als Beamter galt auch dem Mantra einer sich stetig verschärfenden Überwachungs- und Sicherheitsordnung.

Heute würde Zeil sich nur noch vor die Glotze knallen, niemanden mehr hören, niemanden mehr sehen, die Füße hochlegen, bei Fertigpizza und ein, zwei Bierchen den Freitagabend ausklingen lassen, mit Fernsehkrimis, deren gleich bleibendes Personal durch unterschiedlichste Serien und Staffeln rotierte, dass es ihm eine Freude war, den eben noch als Ermittlerkollegen agierenden Schauspieler gleich im darauf folgenden Film als Angehörigen, Verdächtigen oder gar als Mordopfer wieder entdecken zu dürfen. Zeil war froh, nicht im hohen Norden, in einem der skandinavischen Länder arbeiten zu müssen. Wenn die in den einschlägigen Serienwiederholungen gezeigten Umstände auch nur annähernd die Lebensverhältnisse dort widerspiegelten, dann hatten seine dänischen, schwedischen, finnischen und norwegischen Kollegen angesichts der herrschenden Brutalität nichts, aber auch gar nichts zu lachen. Auch das sich vermeintlich idyllisch zeigende Alpenvorland hatte Kriminalitätsraten aufzuweisen, die amerikanische Großstadtghettos als Oasen des friedlichen Miteinanders erscheinen ließen. Farchants Fahnder etwa bearbeiteten erfolgreich Serienmorde im wöchentlichen Senderhythmus, und das bei einer geschätzten Einwohnerzahl von etwas über dreitausendfünfhundert Bürgerinnen und Bürgern. Wirklich beeindruckend aber fand Zeil jene Scharen attraktiver, alleinerziehender Fernsehkommissarinnen, die allen Leidensgenossinnen über immer flacher werdende Bildschirme zuzuraunen schienen: »Seht her, es geht doch, wir schaffen es, Job und Kindererziehung unter einen Hut zu bringen, trotz Schichtdienst oder unregelmäßigen Arbeitszeiten. Wir leisten uns von unserem Beamtensalär des mittleren oder gehobenen Dienstes eine großzügige innerstädtische Altbauwohnung oder ein angesagtes Loft. Ihr macht etwas falsch, wenn das nicht drin ist für euch.«

Zeils Realität sah anders aus: Zwei-Zimmer-Küche-Bad-Stadtrandwohnung im Münchner Norden, neunhundert Euro warm für angeblich vierundfünfzig Quadratmeter, Blick über einen selten genutzten Sportplatz auf die Schallschutzwanne der A9 Richtung Nürnberg inklusive. Dabei war sich Zeil seiner glücklichen Lage durchaus bewusst – Beamte, Polizisten insbesondere waren gern gesehene Kundschaft in Vermieterkreisen. Anspruchslose, zuverlässige Zahler, saubere Treppenhäuser und polizeilicher Schutz frei Haus. Auf die Zuteilung einer Beamtenwohnung wartete Zeil bereits geraume Zeit. Als momentan Alleinstehender – das Wort »Single« mochte er ausschließlich in Verbindung mit dem rauchig klingenden »Malt« – war ihm lediglich eine niedrige Dringlichkeitsstufe und eine damit einhergehende lange Wartezeit beschieden.

Trotzdem war Zeil froh, daheim in den eigenen vier Wänden angekommen zu sein. Zum gewohnten Feierabendweißbier begnügte er sich mit etwas Brot und Käse, auf die in der U-Bahn imaginierte Fertigpizza verzichtete er dann doch.

Die TV-Nachrichten eines lokalen Senders gaben ihm den Rest. Steffi und er, als stille Apostel, flankierend zu beiden Seiten ihres Herrn, Dr. Burger. Zeil musste unmittelbar eingeschlafen sein, als sein Vorgesetzter in dem sicher auf unter fünfundvierzig Sekunden geschnittenen Fernsehbeitrag den Mund geöffnet hatte. Jedenfalls konnte Zeil sich an keine Einzelheiten mehr erinnern, die sein Chef von sich gegeben hatte, als er bei einer nächtlichen Bratpfannen-Verkaufs-Show aufschreckte und sich in sein Schlafzimmer schleppte.

Der Schlaf war erholsam für Zeil gewesen, obwohl er in einem nicht enden wollenden Alptraum zusammen mit seinem Chef vor laufenden Kameras Bratpfannen verkaufen musste:

»Ist diese Pfanne nicht toll, Zeil? So einsatztauglich! Sollte eine derart formvollendete Pfanne nicht zur mobilen Standardausrüstung eines jeden Polizeibeamten gehören?«

»O ja, Herr Doktor Burger, diese tolle, formvollendete Einsatzpfanne sollte auf jeden Fall zur Standardausrüstung eines Polizeibeamten gehören. Findet diese höchst erfolgreich Gefahren abweisende Sicherheitseinsatzpfanne nicht schon bei Sondereinsatzkommandos Verwendung, Herr Doktor Burger?«

»Nein, Zeil! Leider nicht, Zeil! Diese superglatte Sicherheitseinsatzüberwachungspfanne war bislang so exklusiv, dass sie ausschließlich den Leistungseliten der mittleren und gehobenen Führungsebenen vorbehalten war.«

»Aber, Herr Doktor Burger, das ist ja schrecklich! Sollte nicht jeder einzelne Polizeibeamte eine derart tolle, formvollendete Pfanne …?«

»Ja, Zeil, Sie sagen es! Zumal es hier diesen vollkommen funktionslosen Sicherheitseinsatzüberwachungspfannenwender gibt. Als Extra obendrauf, Zeil!«

»Als Extra obendrauf, Herr Doktor Burger?«

»O ja, Zeil! Als Extra obendrauf! Funktionslos, aber nicht kostenlos! Nimm zwei, zahl drei!«

»Wie machen Sie das nur, Herr Doktor Burger, dass vor Ihnen noch niemand auf dieses einmalige Angebot gekommen ist? Nimm zwei, zahl drei! Einfach genial, Herr Doktor Burger!«

An die restliche Übertragung des nächtlichen Polizei-Shopping-Kanals konnte sich Zeil glücklicherweise nicht mehr erinnern. Nie hätte er irgendjemandem von diesem Traum erzählen können. Zu sehr schämte er sich für seine alpverdruckste Schleimerei und traumdienerische Unterwürfigkeit.

Zeil war der erste, der am Samstagmorgen in ihrer Abteilung erschien – die anstehende Dienstbesprechung der Soko war vorzubereiten. Um halb neun saß das Team vollzählig und koffeinversorgt am Tisch. Zeil und Steffi berichteten über ihre Befragungen von Thorsten Smekal, dem – so hatte es sich herausgestellt – einzigen Verwandten der Mordopfer, und über Gunther Willms, dem vormaligen Eigentümer der unter dubiosen Umständen verkauften Wohnung.

Firat Cakir, der zusammen mit dem Kollegen Schwab auf die Durchleuchtung der Naumburgschen Finanzen angesetzt war, berichtete von einer Reihe an Wohnungen, die Jürgen Naumburg an unterschiedlichsten Standorten, aber immer in guter Lage, im Laufe der vergangenen fünfzehn Jahre zu erstaunlich günstigen Konditionen in Besitz gebracht hatte. Teils über Zwangsversteigerungen, teils dadurch, dass Kosten von Luxussanierungen auf Alteigentümer abgewälzt werden konnten. Naumburg und seine Frau hätten die Wohnungen leer stehen lassen, sie allenfalls als Ferienwohnungen genutzt, und sie nach zehnjähriger Haltefrist mit einem satten, weil steuerfreien Gewinn weiterverkauft. Das kleine Naumburgsche Immobilienimperium bestünde, neben ihrem alarmanlagengesicherten Haus auf dem ligusterheckenbewehrten Grundstück am See, aus vierundzwanzig Wohnungen in gehobener Lage und entsprechender Ausstattung, vornehmlich in Gegenden mit hohem Freizeitwert oder in angesagten, aufstrebenden Stadtvierteln der Landeshauptstadt. Naumburg sei ein kluger Geschäftsmann gewesen, der billig gekauft und – profitierend von Immobilienboom und anhaltend hoher Nachfrage der heutigen Erbengeneration, die nicht mehr wüsste, wohin mit ihrem Geld – marktintelligent, also zu Höchstpreisen wieder verkauft hätte. Fraglich sei allerdings, ob Dr. Naumburg mit seiner Freizeitbeschäftigung des Wohnungser-

werbens und Weiterverkaufens einem unangemelde-
ten Gewerbe nachgegangen sei und ob gegebenenfalls Kollegen der Steuerfahndung hinzuzuziehen wären. Auf Festgeldkonten diverser Banken sei weiterhin ein Vermögen von siebenhundertelftausend Euro
vorhanden. Naumburg sei hier sehr sorgfältig mit
seinen Kontoauszügen umgegangen, hätte alles für
die Steuer genauestens dokumentiert. Doch im Tre-
sor der Naumburgschen Villa lägen weitere Vermö-
genswerte: zweiundvierzigtausend Schweizer Fran-
ken ungeklärter Herkunft, Gold- und Silbermünzen,
deren aktueller Wert noch berechnet werden müsse,
sowie Unterlagen zu weiteren Aktien- und Edelme-
talldepots. Zur Bestimmung der Werthaltigkeit der
kleinen Kunstsammlung und des bestimmt mehrere
hundert Flaschen französischen Rotweines umfassenden Weinkellers sei das Hinzuziehen externer
Fachleute unumgänglich.

Cakir und Schwab waren fleißig und gründlich
gewesen, dachte Zeil. Dr. Naumburg und seine Frau
Helga gehörten zu einer am finanziellen wie gesellschaftlichen Aufstieg orientierten Schicht. Zu dem
laut Zeils Chef besonders gefährdeten Personenkreis
der oberen Zehntausend zählten sie dennoch nicht –
ihr Vermögen war nicht umfangreich genug.

Kriminalkommissar Bauer - zu ihnen abgestellt
aus dem zweiten Kommissariat - setzte gerade dazu
an, über die Ergebnisse seiner Ermittlungen in Bezug
auf das Telekommunikationsverhalten der Naumburgs zu berichten, Häufungen und Muster im Einsatz

von Smartphone, Email, Festnetz sowie schriftlicher Korrespondenz herauszuarbeiten, als Hauptkommissarin Elle Beck, die Leiterin des ersten Kommissariats, in den Besprechungsraum rauschte.

»Wart ihr gestern in Mittersendling, in der Pension Halbschmidt bei einem Gunther Willms?«, sie wandte sich direkt an Steffi.

»Ja, ich habe ihm meine Karte dagelassen, wieso?«

»Willms ist tot – ihr sollt zum Chef. Zeil und du! Sofort!«

18

Auf dem Flur informierte Hauptkommissarin Elle Beck ihre Kollegen Konrad Zeil und Steffi Ziegler darüber, dass ein nun unter Schock stehendes Zimmermädchen der Pension Halbschmidt Gunther Willms tot in seinem Zimmer aufgefunden habe. Es sehe derzeit alles nach einer Selbsttötung aus, aber man ermittle noch. Willms´ Abschiedsbrief sei der Grund dafür, dass der Chef sie sprechen wolle. Mehr könne sie jetzt nicht sagen. Zeil und Ziegler schauten sich, ohne dass zwischen ihnen ein Wort gefallen wäre, gleichzeitig an.

»Nehmen Sie Platz.« Dr. Burger blickte nicht einmal von seinen Unterlagen auf, als Zeil und Ziegler das Büro ihres Vorgesetzten betraten. Derart ruhig war Burger am gefährlichsten, wie Zeil durch langjährige Zusammenarbeit hatte in Erfahrung bringen dürfen. Seine nichtsnutzigen und unfähigen Untergebenen hatten nichts Besseres zu tun, als ihm, Dr. Burger, Aspirant höherer, innenministerialer Weihen, das beginnende Wochenende nebst samstäglichen Semmel- und Zeitungsholritualen sowie das gemeinsame Frühstück mit seiner Frau zu vermiesen. In Tateinheit mit der Nötigung, statt im geliebten Polizeipräsidium, gezwungenermaßen auf ihrer Dienststelle zu erscheinen, um das Schlimmste - sprich das Ansehen der Polizei beschädigende Schlagzeilen - zu verhindern. Dies jedenfalls glaubte Zeil, in dem lange auf ihm ruhenden Blick seines Vorgesetzten lesen zu können.

»Wissen Sie, was das ist?«, fragte ihr Chef. Dr. Burger stand aus seinem schwarzen Ledersessel, dessen überdimensionierte Rückenlehne jedem Aufsichtsratsvorsitzenden zur Ehre gereicht hätte, auf und schwenkte, ohne eine Antwort abzuwarten, jetzt doch sichtlich aufgebracht einen klarsichtumhüllten Brief vor Zeils Nase hin und her.

»Wissen Sie, was das ist, Zeil?«, fragte er noch einmal. Burger liebte rhetorische Spielchen, die seinen Worten Nachdruck verleihen sollten. Zu schweigen erschien Zeil die einzig angemessene Reaktion angesichts der kurz zuvor erhaltenen Nachricht über Willms' Tod. Ihr Vorgesetzter würde sich beruhigen und irgendwann damit herausrücken, was es mit dem ominösen Brief auf sich hatte.

»Dieser Brief, Zeil, und das gilt auch für Sie, Frau Ziegler, dieser Brief ist eine Katastrophe, ein Desaster ersten Ranges! Wenn dieser Brief an die Öffentlichkeit gelangt, dann kann ich meinen Hut nehmen, aber Sie beide werden Streife laufen um flächendeckende Solarparks und einsame Windkraftanlagen im untersten Unterfranken, das verspreche ich Ihnen. Zu Ihrem und zu unser aller Glück hat Kollegin Beck die Lage umgehend erfasst und ist mit diesem Machwerk von Abschiedsbrief des unglückseligen Willms direkt an mich herangetreten. Was haben Sie sich dabei gedacht, den armen Willms zu einer DNA-Probe zu nötigen? Ich kenne Sie, Zeil! Und versuchen Sie erst gar nicht, Ihre junge Kollegin mit hineinzuziehen. Prügelnde Provinzpolizisten und übereifrige Jugendbeamte an Münchner Schulen haben wir genug. Ich kann es mir nicht leisten, dass meine Abteilung ins Gerede kommt. Wenn die Presse von diesen Anschuldigungen – seien sie begründet oder nicht – Wind bekommt, dann sind wir erledigt…. Ich sehe die Schlagzeile schon vor mir: ,Bayerische Beamte treiben Mann in den Selbstmord!' Ich hoffe, wir verstehen uns.«

Das Schlimmste für Dr. Burger, so dachte Zeil, schien es zu sein, wenn der grandiose Ruf der bayerischen Beamtenschaft durch fahrlässigen Umgang seiner Mitarbeiter mit hellhörigen Journalisten in Mitleidenschaft gezogen würde. Spott und Häme partei- und ministeriumsnaher Stammtische wären gewiss auszuhalten. Kritik aus Berliner Regierungskreisen an »merkwürdigen Gepflogenheiten der Sicherheitsapparate« in Burgers geliebter Landeshauptstadt jedoch empfände ihr Chef mit an Sicherheit grenzender Wahrscheinlichkeit als nicht hinnehmbare Schmach.

»Die DNA-Entnahme geschah freiwillig, mit seiner ausdrücklichen Zustimmung. Okay, Willms war vielleicht nicht gut drauf, aber dass er sich gleich aufhängt, damit konnte niemand rechnen«, gab Zeil zurück.

»Oder Willms ist doch der Täter und er wollte mit seiner Schuld nicht mehr leben ...«, schaltete sich jetzt auch Steffi ein.

»Willms hoffte, dass intensive Untersuchungen in Gang kämen. Keinesfalls wollte er seinen Suizid als Schuldeingeständnis verstanden wissen«, antwortete Dr. Burger. »Hier, lesen Sie selbst!« und überreichte Zeil die Klarsichthülle. Der sich darin befindende, in kindlich anmutender Handschrift verfasste Abschiedsbrief zeigte, in welch extremer psychischer Verfasstheit sich Willms befunden haben musste. Seine geistige Unzurechnungsfähigkeit äußerte sich in diffusen Verschwörungstheorien, den Finanz- und Immobiliensektor betreffend. Er verstieg sich in haltlosen Anschuldigungen und Anfeindungen einem Rechtssystem gegenüber, das – und hier zeigte sich das wahre Ausmaß seines Wahnsinns – Mächtige und Vermögende, die sich entsprechende Kanzleien leisten könnten, seiner Meinung nach durch geschickte »Deals« einseitig bevorzugen würde, und gipfelte in der Schilderung seiner »entwürdigenden Lebensabschlussbehandlung durch die Staatsmacht, vertreten durch die polizeilichen Herrscher Kriminalhauptkommissar Konrad Zeil und Kriminaloberkommissarin Stefanie Ziegler«, die ihm, Willms, mittels »unfreiwilliger, gewaltsam erzwungener Speichelprobenentnahme« auch noch die Morde an »Herrn Dr. Immobilienbetrüger Naumburg nebst Gattin« in die Schuhe schieben wollten.

Klar, sie hatten nicht erkannt, dass der Mann krank gewesen war. Schon die merkwürdig verstiegenen Formulierungen in dem von den Kollegen aufgefundenen Abschiedsbrief wiesen auf eine Psychose hin. Zeil reichte die Klarsichthülle an Steffi weiter.

»Willms war nicht mehr zurechnungsfähig, das belegt der Brief, aber eine drohende Selbstgefährdung war zum Zeitpunkt unserer Befragung in keinster Weise abzusehen, wir sind schließlich auch keine ausgebildeten Psychiater«, rechtfertigte sich Zeil. Steffi pflichtete ihm bei und gab den Brief Herrn Dr. Leonhard Burger, ihrem Vorgesetzten, zurück.

»Ich werde mich um dieses Papier kümmern«, sagte Burger, »aber strapazieren Sie den polizeilichen Korpsgeist und meine Geduld nicht über Gebühr. Ich will jetzt Ergebnisse sehen, diese Geschichte zieht sich schon viel zu lange hin. Wir sind hier nicht in Berlin, Zeil! Haben wir uns verstanden?«

Mit dieser Frage, auf die ihr Vorgesetzter keine Antwort erwartete, wurden Zeil und Ziegler aus Burgers Büro entlassen. Zeil machte sich keine Illusionen dahingehend, was mit Willms´ Brief geschehen würde. Dr. Burger war bekannt dafür, über alles und jeden ein Dossier anzulegen und belastende Dokumente gegebenenfalls bei passender Gelegenheit wirksam einzusetzen. Die ihm selbst gewidmete Akte, so glaubte Zeil, könnte heute einiges an Umfang zunehmen.

Das Team der SOKO hatte seine Ermittlungsergebnisse zwischenzeitlich übersichtlich an den aufge-

stellten Pinnwänden und großformatigen Schreibta-
feln präsentiert. Die Personagramme der beiden Opfer ergaben detaillierte Bilder ihrer Persönlichkeiten
und Einblicke in gehobene gesellschaftliche Kreise, in
denen sie sich bewegten. Hypothesen und Vermutungen bezüglich der Täter blieben vage und wenig
konkret. Die Kollegen der Kriminaltechnik hatten sich
anhand der Spurenlage darauf festgelegt, dass sie es
mit zwei männlichen Tätern zu tun hatten, die nahezu
gleichzeitig mit äußerster Entschlossenheit und Brutalität vorgegangen sein mussten. Die an der Pinn-
wand befestigten Bilder sprachen ihre eigene Sprache. Eine Auswertung der Fußspuren, die Eintritts-
winkel und –tiefen der Stichverletzungen – Kollege
Baader ging von einem »Kreuzschlitzschraubendre-
her« als Waffe aus – ließen Rückschlüsse auf Körper-
größe, Statur und Krafteinsatz der beiden Täter zu.
Daktyloskopisch war keiner der beiden Männer bislang in Erscheinung getreten, ein Abgleich der gefun-
denen Fingerabdrücke mit der Datenbank hatte also
keinen Treffer erzielt, und die Untersuchung gen-
technisch relevanten Spurenmaterials dauerte an. Ein
echter Durchbruch schien nicht erzielt worden zu
sein, doch Zeil und Ziegler verschafften sich einen
Überblick und informierten sich umgehend über alle
relevanten Resultate der bisherigen Nachforschungen
ihrer Kollegen.

Auch die Ermittlungen, die Kriminalkommissar
Bauer aus dem zweiten Kommissariat durchgeführt
hatte, schienen in eine Sackgasse zu führen: Die Aus-

wertung des Naumburgschen Emailverkehrs und der Telekommunikationsdaten hatte ergeben, dass Dr. Naumburg vier Tage vor seinem Tod mehrfach Kontakt mit einem Mobiltelefon aufgenommen hatte, dessen Nummer einer nicht zu einem Eigentümer zurückverfolgbaren Prepaid-Card zugeordnet werden musste.

19

Zeil stand oben auf dem Flachdach ihrer Dienststelle. Hier zog es ihn hinauf, wenn er Abstand brauchte, Ruhe benötigte, um seine Gedanken zu sortieren. Hier konnte er, wenn er Glück hatte, den Himmel, die langsam dahinziehenden Wolken betrachten und seinen sich um Verdächtige und Straftatbestände kreisenden Assoziationen eine sinnvolle Richtung geben.

Zeil betrieb »Wolken-Watching«. Wolken beobachten. Ein Vergnügen, das er sich als Polizeibeamter in der Landeshauptstadt gerade noch leisten konnte. Alles, was er dazu brauchte, war sein Balkon zuhause oder eben hier das Flachdach und der ungehinderte Blick in den Himmel. Schon als Kind war Zeil, ohne sich dessen bewusst gewesen zu sein, ein »Cloud Watcher«, wie diese Trend-Sportler im Englischen genannt wurden. Seine Mutter hatte ihn vorwurfsvoll »Konrad-guck-in-die-Luft« genannt. Die deutsche Bezeichnung, »Wolken-Watching« oder einfach »WW« war ihm lieber, allein schon auf Grund der Alliteration. Angelsächsische Sportsfreunde neigten zum Übertreiben, nutzten Spezialkameras, um spektakuläre Formationen wie äquatoriale Mammatus oder Ufo-förmige Lenticularis zu dokumentieren. Sie veranstalteten und besuchten Seminare, gaben eine Wolkenfachzeitschrift namens »Cloud« heraus und brachten jährlich neue Kollektionen geeigneter Sportkleidung auf den Markt. Zeil genügte das reine Betrachten des Himmels, das Schauen, das Aufschauen. Unschuldige Schäfchenwolken waren ihm genauso lieb wie die »rolling clouds« gewaltiger Gewitterfronten. Mit dieser Einstellung würde er es zwar nie in die Landesliga, geschweige denn in die Nationalmannschaft schaffen, aber Leistungssport war nie sein Ding gewesen. Die Unendlichkeit des Himmels galt ihm als einzige Autorität, zu der er aufschauen wollte oder konnte.

Der Anruf aus Berlin kam zum denkbar ungünstigsten Zeitpunkt. Gerade als er – vor einer der Pinnwände in ihrem Besprechungsraum stehend – einem Gedanken nachzugehen versuchte, der sich ihm bislang nicht aufgedrängt hatte. Eine Vermutung, eine Ahnung mehr am Rande seiner bewussten Wahrnehmung, die sich hartnäckig seiner Aufmerksamkeit entzog. Vielleicht war er zu nah dran, stand zu dicht davor, als dass sich der entscheidende Hinweis und Ansatzpunkt fokussieren und vor seinem inneren Auge scharf stellen ließe. Da war etwas, notiert auf einer der Tafeln, eine Aussage, die etwas in ihm ausgelöst hatte, ungreifbar und vage …

Dann der Anruf aus Berlin. Es war nicht Annas Nummer, und auch keine andere der gespeicherten Zahlenkombinationen, die das unter erbärmlichen

asiatischen Arbeitsbedingungen gefertigte Wunder-
werk integrierter Schaltkreise seines Mobiltelefons
einem Namen hätte zuordnen können. Zeil wusste
selbst nicht, warum er die grüne Taste drückte, obwohl sein Handy ihn vor »UNBEKANNT« warnte. Es
meldete sich Miriam, Miriam Divinto, angeblich eine
Berliner Freundin von Anna. Zeil glaubte sich zu erinnern, dass Anna sie erwähnt hatte. Was Miriam ihm
berichtete, klang beunruhigend:

Anna habe ihr auf die Mailbox gesprochen, als
Miriam beruflich in Frankfurt gewesen sei. Anna fühle
sich bedroht und es sei in ihre Wohnung eingebro-
chen worden, die Polizei wolle sie – aus für Miriam
unverständlichen Gründen – nicht einschalten. Ob sie
ein paar Tage bei Miriam Unterschlupf suchen könne,
bis die ganze Angelegenheit geklärt sei, hätte sie gefragt. Miriam habe versucht, Anna auf ihrem
Smartphone zu erreichen, doch sie hätte weder auf
SMS noch auf die auf der Mailbox hinterlassenen
Nachrichten reagiert, auch Kontaktversuche über ihre
sozialen Netzwerke und Emails seien erfolglos geblieben, was Miriam sehr alarmiere, da ein derartiges
Verhalten für Anna extrem untypisch und sehr ungewöhnlich sei. Vor längerer Zeit hätte Anna ihr seine,
also Zeils Mobilnummer gegeben – er sei der Einzige,
neben Miriam, dem sie vertrauen könne, habe Anna
damals gesagt. Über das, was sie befürchte, wollte
Anna bei der Gelegenheit nicht reden, und später
hätte sie Miriams Versuche, ihr zu sagen, was los sei,
konsequent abgeblockt. Freitagabend sei Miriam

wieder zurück gewesen von ihrer Dienstreise, doch keine Spur, auch in ihrem Briefkasten hätte Anna keine Nachricht hinterlassen.

Zeil hatte versucht, Miriam zu beruhigen und ihr zu verstehen gegeben, dass es durchaus sein könne, dass Anna für ein, zwei Tage abgetaucht sei, sie »die Krise habe« und niemanden hören und sehen wolle, oder dass sie sich um familiäre Angelegenheiten kümmern müsse, was – und dies verschwieg er Miriam – im Großen und Ganzen auf das Gleiche, also auf Krise hinauslaufen würde. Das Wenige, das Anna Zeil über ihre Familie erzählt hatte, ließ ihn Vermutungen, die in diese Richtung gingen, mit in Betracht ziehen. Anna stamme »aus einer üblen Sippschaft«, wie sie selbst sagte, einem »Gewirr dysfunktionaler Verstrickungen und Verbandelungen«, das die Bezeichnung Familie nie verdient hätte. Den Kontakt zu ihrer suchtkranken Schwester habe sie aus Gründen des Selbstschutzes abgebrochen, die demente Mutter besuche sie sporadisch in einem Pflegeheim. Auf Versuche Zeils, das Gespräch auf Annas Vater zu bringen, hatte sie kurz angebunden und schroff reagiert. Zeil hatte irgendwann aufgegeben und ihre Tabus respektiert. Annas Entscheidung, mit ihrer Firma nach Berlin zu ziehen, folgte kurze Zeit später.

Miriam wollte sich von Zeil nicht beruhigen lassen und hatte ihm berichtet, dass sie bereits am vorigen Abend bei Annas Wohnung vorbeigeschaut hätte. Sie habe geklingelt, aber niemand hätte reagiert, obwohl das Licht in der Wohnung gebrannt habe. Miriam habe den Hausmeister alarmiert, der mit einem Generalschlüssel die Türe öffnen konnte. Die Wohnung sei leer gewesen. Annas Smartphone habe auf dem Küchentisch gelegen.

Jetzt war auch Zeil besorgt. Ohne ihr ultraflaches elektronisches Streicheltierchen würde Anna keinen Schritt vor die Wohnungstüre setzen. Zeil riet Miriam, die Berliner Polizeikollegen einzuschalten und eine Vermisstenanzeige aufzugeben. Gleichzeitig wolle er selbst seine Berliner Kontakte spielen lassen. Das Telefongespräch mit Miriam hatte Zeil aufgewühlt und beunruhigt. Es war ihm nicht mehr gelungen, sich auf seine Arbeit zu konzentrieren. Er war aufs Dach gegangen.

»Hier bist du!«, Steffi hatte Zeil aufgestöbert. Die Viertelstunde auf dem Dach hatte keine Klarheit gebracht – Zeils Gedanken kreisten weiter auf ihren verschlungenen Bahnen um Anna und um den Fall, mit dem er nicht weiterkam. Anna. Der Fall. Wie auf einer liegenden Acht, seine Gedanken könnten sich unendlich weiterdrehen ….

»Kommst du?«, unterbrach Steffi. Zeil drehte sich ein letztes Mal um, ließ seinen Blick hoch über die Dächer der Stadt schweifen, bevor er die Treppe hinunter stieg. Keine Wolke, kein Flugzeug, nicht ein Kondensstreifen am Münchner Firmament. Da sah er das fehlende Puzzleteil, kannte die Antwort: Der Himmel war leer.

20

MÜNCHEN
SAMSTAG NACHMITTAG

Siegbert »Siggi« Resch hatte sein Tagespensum geschafft, hatte von in der Früh um sieben Treppenhäuser geputzt, kunststoffumhüllte wie unverpackte Hundehinterlassenschaften von Gehsteigen entfernt, Wertstoff-, Restmüll- und Biotonnen entsprechend dem Abfuhrplan der Stadtreinigung an Straßenränder gestellt, hatte S-Bahn-Stationen gesäubert, Rasen gemäht, Blumen gegossen, und jetzt, um zwanzig Uhr, endlich alle Objekte ergebnisqualitativ dokumentiert und abgehakt, die auf seiner langen Tagesliste standen. Feierabend war, wenn er mit der monatlich länger werdenden Liste durch war. In welcher Reihenfolge er die Arbeitsaufträge seines übergeordneten Disponenten abarbeiten würde, war sein Bier, seine unternehmerische Freiheit. Hauptsache, am Ende des Tages war alles erledigt. Siggi war stolz auf seine Firma, sein kleines Ein-Mann-Unternehmen als selbstständiger Hausmeister. Sein Leben als Unternehmer war ihm nicht in die Wiege gelegt worden. Nach Schule und abgebrochener Malerlehre hatte er sich »beim Bund« verpflichtet, »verkoffert«, wie man dort sagte. In acht Jahren hatte er es immerhin zum »StUffz« gebracht, zum Stabsunteroffizier in einer

Transporteinheit. Seine damalige Freundin wollte Sicherheit und Kind - er auch. Eine Verlängerung seiner Dienstzeit wurde von seinen Vorgesetzten ohne Angabe von Gründen abgelehnt. Siggi ließ seinen Bundeswehr-Führerschein umschreiben, damit er bei einer Spedition anfangen konnte. Seine Freundin zog zusammen mit ihrer gemeinsamen Tochter zu einem besser verdienenden Industriemechaniker. Er sei eh nie zu Hause, hatte sie gesagt. Dabei hatte er sich ohne Ende ins Zeug gelegt, um die zeitlichen Vorgaben der Spedition einhalten zu können und die nötige Kohle für seine kleine Familie ranzuschaffen. Fünf Jahre auf dem Bock, und seine Beziehung war genauso kaputt wie sein Rücken und der Arbeitsmarkt für Lastkraftfahrer seit der Öffnung für die osteuropäische Niedriglohnkonkurrenz. Als die Spedition pleite ging, schickte ihn die Arbeitsagentur von einer Zeitarbeitsfirma zur nächsten, zu eintönigen, Kräfte zehrenden Jobs, die seinem Rücken den Rest gaben, bis er als schwer vermittelbar unzählige, sinnlos sich wiederholende Bewerbungstrainings und langweilige, teure Maßnahmen durchlaufen durfte, die ihn für den Arbeitsmarkt endgültig disqualifizierten. Die Dauer seiner Affären passte sich dem Rhythmus der Kurse an, in denen er die Frauen kennen lernte. Irgendjemand hatte ihm irgendwann eine Handynummer gegeben und ihm geraten, selbstständig mit der Hausmeisterei anzufangen. So hatte er seinen jetzigen Auftraggeber kennen gelernt, der ihm riet, ein Existenzgründungsdarlehen zu beantragen. Es war das einzige Mal, dass er in dem Gesicht seiner Sach-bearbeiterin beim Jobcenter so etwas wie Freude oder Freundlichkeit entdecken konnte. Sie unter-schrieb den Vertrag, nachdem er ihr feierlich geloben musste, nie wieder bei ihr aufzukreuzen, um ihre Statistik zu vermiesen. Viel blieb nicht hängen, am Monatsende. Der Unterhalt für die Kleine; – und sein Auftraggeber sackte fast den ganzen Rest der Kohle für die Vermittlung der zu versorgenden Objekte ein. Aber Siggi Resch war sein eigener Herr, war stolzer Unternehmer, Firmenchef und einziger Angestellter zur gleichen Zeit, und seine Rückenschmerzen hatten sich seitdem nur noch selten gemeldet. Er machte sich – so glaubte er – berechtigte Hoffnungen, dass es eine Frau auch mal wieder etwas länger mit ihm aus-halten könnte.

Daheim, in seinem Giesinger Zweizimmerappar-tement, dessen Mietvertrag nach dem Tod seiner Mutter einfach auf ihn übergegangen war, ohne dass die Wohnungsbaugenossenschaft den Mietzins an ortsübliche Mondpreise angepasst hätte, goss Resch kochend heißes Wasser in ein Kunststofftöpfchen, von dem er gerade die Alufolie abgezogen hatte. Neunundreißig Cent – der Preis war unschlagbar. Das heiße Wasser löste das gelblichgraue Pulver und verwandelte die getrockneten Nudeln und die kleinen Würfelchen, von denen er annahm, es seien Huhn- und Gemüsestückchen, augenblicklich in eine essbare Suppe, die ihn an die einfache Küche seiner Mutter erinnerte. »Iss, Siggi!«, hatte sie liebevoll zu ihm gesagt, wenn er mal wieder keinen Appetit gehabt hatte oder es nicht schmecken wollte. Außer dem Thermoskannenkaffee und den Zigaretten, die er sich unterwegs gegönnt hatte, war es seine erste warme Mahlzeit an diesem Tag. In Pausenzeiten, also während den Fahrten zwischen den abzuarbeitenden Objekten, hatte er an seiner Leberwurststulle gemümmelt. Resch war froh, endlich etwas Warmes in den Magen zu bekommen.

Das Foto, das er vor zwei Tagen draußen in Haching aufgenommen hatte, ging ihm nicht mehr aus dem Kopf. Das war kein Fake, wie so vieles im Netz. Das war echt, er hatte es selbst gesehen. In Haching, auf der Leiter, hatte er noch gekotzt. Mittlerweile holte er – nur für sich – das Foto bei jeder sich bietenden Gelegenheit aus dem Speicher seines Smartphones. So oft, dass es ihm nicht einmal mehr den Appetit auf seine leckere Fertigsuppe verderben konnte. Der Mann sah übel zugerichtet aus, viel Blut, aber von der Frau war nichts zu sehen auf dem Bild. Es sollte sich um ein Ehepaar gehandelt haben, hieß es, er hatte aber nur den Mann erwischt. Ob die Frau genauso aussah? Egal, er hatte ein Bild, das nur ihm gehörte, etwas Besonderes, auf das außer ihm niemand zugreifen konnte. Alleinstellungsmerkmal nannte man das in Wirtschaftskreisen. Waren die Kurse bei dem »Träger« (was auch immer die zu tragen hatten), zu dem ihn das Jobcenter geschickt hatte, doch nicht umsonst gewesen. Alleinstellungsmerkmal – das Wort hatte er sich gemerkt und es gefiel ihm. Etwas, das nur er selbst nutzen konnte und sonst niemand. Auf merkwürdige Art fand er das schon wieder witzig. Mit diesem Bild war er der King, und es gehörte nur ihm. Seine Kumpels in der Kneipe, die die Klappe am weitesten aufrissen, hatten sicher nichts Vergleichbares. Alleine die Vorstellung, es seinen Freunden so richtig zu zeigen, ließ seine Stimmung zum Höhenflug ansetzen. Er würde seine »friends« nicht nur beeindrucken, er würde sie zum Kotzen bringen. Ganz leicht tippte Siegbert Resch die Touchscreen seines Smartphones an. »An alle senden« stand in dem umrandeten Feld, das er mit dem Finger berührte. Mit einem grünen Häkchen wurde seine eben durchgeführte Aktion bestätigt. Dann versuchte Resch auszurechnen, wie oft in etwa sein Tatortfoto »geliked« werden würde.

21

Miriam hatte in der vergangenen Stunde achtmal versucht, ihn zu erreichen – die Liste entgangener Anrufe wurde einzig und allein von Annas Berliner Freundin okkupiert, deren Nummer er gleich nach ihrem ersten Anruf gespeichert und ihrem Namen zugeordnet hatte. Zeil war noch nicht dazu gekommen, sich der Sache mit Anna anzunehmen, obwohl er es Miriam versprochen hatte, seine Kontakte spielen zu lassen. Zu sehr nahm ihn seine neue Spur in Beschlag. Das Handy meldete sich erneut: Miriam Divinto. Der Abstand zwischen ihren permanenten Anrufversuchen verkürzte sich bedenklich. Wenn er sich konzentrieren und mit der Arbeit vorankommen wollte, musste er sich den zwar berechtigten, aber vorhersehbaren Vorwürfen stellen und der Dauerstörung ein Ende bereiten. Zeil konnte es sich nicht leisten, dass sein Anschluss durchgehend von der hartnäckig nervenden Freundin seiner Ex blockiert wurde. Das Handy war sein wichtigstes Arbeitsgerät – und er erwartete einige Rückrufe, die ihn im Fall »Rainstraße« weiterbringen würden.

Zeil drückte die grüne Taste und meldete sich.

»Endlich! Was ist los? Warum gehst du nicht ran?«, Miriam blaffte los. »Ich kann hier nichts erreichen. Von deinen ach so freundlichen Berliner Kollegen werde ich abgewimmelt. Erst am Telefon, dann auf der Wache. Beschwichtigungen, nichts als Beschwichtigungen. Die wollten nicht einmal eine Vermisstenanzeige aufnehmen. Meinten, in neunundneunzig Prozent aller Fälle kläre sich das Ganze von selbst auf. Anna sei schließlich erwachsen. Bei einem Jugendlichen oder erst recht bei einem Kind sähe die Situation ganz anders aus. Vielleicht brauche Anna eine kleine Auszeit, meinte der Beamte, und sie sei in ein Wellness-Hotel gefahren. Ihr Handy habe sie bewusst in der Wohnung gelassen, um für ihre Arbeit, für ihre Vorgesetzten und für mich nicht erreichbar sein zu müssen. Frechheit! Man kenne ähnlich gelagerte Fälle gestresster Managerinnen, die sich ihre Unerreichbarkeit ärztlich verordnen lassen. Bei einem drohenden Burnout zum Beispiel. Nach ein paar Tagen erschienen sie erholt an ihrem Arbeitsplatz, als sei nichts gewesen. Der Mann hat mich nicht ernst genommen, hat alles abgeblockt und gemeint, wenn Anna in den nächsten drei Tagen nicht wieder auftauche, solle ich noch mal vorbeikommen. Unglaublich, das Ganze. Und du? Was hast du erreicht?«

Zeil musste gestehen, noch gar nicht in Berlin angerufen zu haben. Er stecke mitten in schwierigen Ermittlungsarbeiten und sei bislang nicht dazu gekommen … Weiter kam er nicht, dann durfte sich Zeil eine Reihe sizilianischer oder neapolitanischer Flüche anhören, die er ob ihrer Vehemenz und ihres Idioms rein spekulativ dem Sprachschatz italienischer Auftragskiller zuordnete.

»Ich weiß nicht, warum Anna dir nachtrauert. Es war die einzig richtige Entscheidung, dich zu verlassen und nach Berlin zu gehen. Du bist genauso unzuverlässig wie alle anderen Typen! Zu nichts zu gebrauchen, wenn es drauf ankommt.«

Zeil bekam keine Gelegenheit, etwas zu entgegnen – grußlos hatte Miriam aufgelegt. Okay, er hatte es Miriam versprochen, den kurzen Dienstweg zu nutzen, um etwas Licht in die Sache mit Annas Verschwinden zu bringen. Wahrscheinlich hatte der Berliner Kollege sogar recht, und es gab eine harmlose Erklärung für Annas Verhalten. Ein kurzer Anruf konnte nicht schaden. Zeil befragte die Datenbank, um die Nummer des zuständigen Polizeireviers in Berlin Kreuzberg herauszufinden. Ein Doppelklick, und die Policekype-Verbindung wurde aufgebaut. Die allgegenwärtige Vernetzung machte – selbst über Ländergrenzen hinweg – vor dem polizeilichen Verwaltungsapparat nicht Halt. Mochte der Funkverkehr der Streifenbesatzungen auch weiterhin im analogen Zeitalter verharren, die Terminals ihrer Dienststellen befanden sich auf dem neuesten Stand und transferierten ihre Daten in Echtzeit an die gegen Hackerangriffe und journalistische Neugier strengstens gesicherte »Policecloud«, einer im virtuellen Raum angesiedelten Datenaustausch- und Dokumentationswolke, die nebenbei über allerlei intelligente Zusatzfunktionen verfügte, die man bei einem kontroll- und machtfixierten Internetversandhändler abgekupfert hatte. Qualität entstand eben zuallererst durch hypereffiziente Verwaltung und mit Hilfe subtiler Programme, die ihre User unmerklich zu steuern wussten, nebst Maßnahmen einer umfassenden, automatisierten Selbstevaluation. Kein Wunder, dass Dr. Burger, ihr Chef, so vehement für den Ausbau umfassender, optoelektronischer Überwachungstechnik eintrat. Ermittlungspannen, wie bei einer bundesländerübergreifenden Mordserie der vergangenen Jahre, waren mit dem neuen System nahezu ausgeschlossen. Dafür sorgten Algorithmen, die auch dann noch Zusammenhänge konstruierten, wenn die Phantasie der Ermittlungsbeamten an ausbildungsbedingte oder politisch motivierte Grenzen stieß. Es sei denn, die Vorstellungskraft der zuständigen Programmierer hätte bei den relevanten Parametern ...

Zeil verfolgte den Gedanken nicht weiter, da sich das Bild seines Gegenübers in der Berliner Friedrichstraße vollständig auf der Flat-Screen aufgebaut hatte. Links neben dem Echtzeit-Video wurden automatisch Name, Dienstgrad, Dienstausweisfoto und derzeitige Funktion in der fünften Dienstgruppe des Polizeiabschnitts 53 eingeblendet. Zeil musste davon ausgehen, dass auf dem Bildschirm des Hauptstadtbeamten Ähnliches passiert war, da er gleich mit Namen angesprochen wurde.

»Na so was. Einer der seltenen Anrufe aus dem beschaulichen Schwabenland. Kriminalhauptkommissar Zeil, was kann ich für Sie tun?«

»Bayern! Bayern, Kollege, nicht Schwaben. Ich müsste dringend mit dem Kollegen sprechen, der die Vermisstensache Anna Herbst bearbeitet.«

»Einen Augenblick, bitte«, antwortete der Polizeibeamte grinsend.

Zeil sah, wie sein Berliner Gegenüber scheinbar erfolglos auf die Tastatur einhämmerte, sich dann abwandte, um andere Personen im Raum zu befragen. Was gesprochen wurde, konnte Zeil nicht verstehen. Hintergrundgeräusche ließen eine lautstarke Auseinandersetzung mehrerer betrunkener Personen auf dem Revier vermuten. Die Kreuzberger Kollegen hatten alle Hände voll zu tun. Der Berliner Beamte drehte sich wieder zu ihm um.

»Vor ungefähr einer Stunde war eine Frau Divinto hier, die einen ziemlichen Aufstand veranstaltet hat wegen einer Anna Herbst, zu der sie keinen Kontakt mehr bekommt. Wir haben einen Zuständigkeits-Sperrvermerk im System, deshalb wurde keine Vermisstenanzeige aufgenommen.«

»Von wem kommt der Vermerk, Kollege?«

Täuschte er sich, oder wurde das Video seines Gesprächspartners um eine Spur blasser? Welche Informationen hatte ihm die »AR«, die Augmented reality, also die erweiterte Realität der »Policecloud« zur Verfügung gestellt und in die Echtzeitübertragung eingeblendet? Jedenfalls schien der Kollege einem akuten Anfall dienstbeflissener Förmlichkeit zu unterliegen und ließ das schwabenfixierte Grinsen sein:

»Das kann ich Ihnen nicht sagen, aber Ihre dienstliche Anfrage wurde automatisch verlinkt – die Verbindung müsste sich jeden Moment aufbauen.«

Das Konterfei des Berliner Polizisten verblasste und wurde von einem als Bildschirmschoner dienenden Gruppenfoto des bayerischen Kabinetts überlagert.

Damit hatte Zeil nicht gerechnet. Einer Vermisstenanzeige auf die Sprünge zu helfen und auf der Achse München-Berlin leichten Druck auszuüben, war unter Kollegen an und für sich kein Problem. Zog diese Angelegenheit aber Kreise, und das schien mit dem Sperrvermerk und der Einschaltung einer anderen Dienststelle der Fall zu sein, so könnte ihm seine Anfrage als private Nutzung des Systems ausgelegt werden und er sich mächtig Ärger einhandeln. Er musste sich etwas einfallen lassen, schnell, das neue Bild baute sich bereits auf.

»Zimmermann, BKA. Was wollen Sie?«

»Ich bin im Rahmen von Ermittlungen auf die Berliner STRANGE AG gestoßen und müsste eine Frau Anna Herbst befragen. In dem Zusammenhang bin ich mit Kollegen vom Abschnitt 53 in Kontakt getreten und automatisch an Sie weitergeleitet worden.«

»Die STRANGE AG? Was hat Bayern mit der STRANGE zu schaffen? Halten Sie sich bei allem raus, was die STRANGE AG betrifft. Im Rahmen von Ermittlungen, sagen Sie …?«

Zimmermanns Hände bewegten sich flink außerhalb des Erfassungsbereichs des Videoobjektives, befummelten informationserogene Zonen seiner Flatscreen. Vermutlich standen dem Mitarbeiter des Bundeskriminalamtes auf seiner Ebene Zugriffsrechte und Info-Features zur Verfügung, von denen Zeil nur träumen konnte: Videolügendetektor- und Obedience-Control-Apps, die über Gehorsam oder Aufsässigkeitsneigungen eines Untergebenen entschieden, polizeiinterne Straftatenaufklärungs- und Erfolgsquotenrechner, Karriereprognosesimulator und das beliebte wie gefürchtete Vernetzungsmodul, welches die wichtigsten Hintermänner des Gesprächspartners, deren Macht und Einfluss in einer ästhetisch gelungenen Farbgraphik darstellte. Zeil musste davon ausgehen, dass sein Vernetzungsprofil – außer vielleicht bei Dr. Burger – kaum Warnfarben aufwies, da Zimmermann seinen Ton umgehend verschärfte:

»Glauben Sie, ich wüsste nicht, dass Sie der Ex von Frau Herbst sind?«, fuhr der BKA-Mann fort. »Halten Sie sich aus unserer Operation hier in Berlin heraus, auch zum Wohle von Frau Herbst, oder es wird ein unangenehmes Nachspiel für Sie geben! Ich hoffe, wir haben uns verstanden, Zeil!«

Das Bild des grauhaarigen Mittfünfzigers verschwand von der Flat-Screen des Terminals, um der freistaatlichen Bildschirmschonerriege Platz zu machen.

22

MÜNCHEN
SAMSTAG ABEND

Eindeutig war er der King heute Abend im »Häuserl«, seiner Stammkneipe. Knapp eine Viertelstunde lang stand er im Mittelpunkt. Es drehte sich alles nur um ihn. Sogar der Spielautomat schenkte ihm die ungeteilte Aufmerksamkeit und dudelte nur leise vor sich hin. Mit sechs Leuten war die Kneipe fast voll. Alle waren da: Lazlo, der Kurierfahrer. Sabine, die versuchte, mit Regale-Einräumen über die Runden zu kommen und aufstocken musste. Sein S-Bahn-Hiwi Peter, der die Frührente mit »bar auf die Kralle« bezahlten Jobs und Flaschentauchen aufbesserte, damit er nicht aufs Amt musste und der mit vier Halben schon gut bedient war. Bernd, der sich so krumm gebuckelt hatte, dass sie ihn alle seit Ewigkeiten nur »Breze« nannten, und der ständig darüber schwadronierte, welchen Erfolg er gehabt hätte und was aus ihm hätte werden können, hätte man ihn nur rechtzeitig »Brot« genannt, aber »Brot« – das ginge ja nun nicht mehr, weil medientechnisch schon komplett anderweitig vermarktet. Kalle, der Wirt vom »Häuserl«, der hinter der Theke stand und gerade dabei war, sich selbst ein Weißbier zu zapfen und dem das alles herzlich egal war. Sie alle wollten wissen, wie er an das Tatortfoto gekommen war. Siggi ließ sich nicht zweimal bitten. Er erzählte ihnen, wie er auf der Leiter gestanden und den Toten gesehen hatte. Den ersten echten Toten, »kein Fake, oder so«. Beschrieb es ihnen in allen grausigen Einzelheiten, verschwieg aber, dass er kotzen musste. Siggi wollte nicht uncool oder schlimmer noch als Weichei rüberkommen. Seine Befragung durch die Polizei schilderte er als verschärftes Verhör, bei dem auf das gewöhnliche Waterboarding gerade noch verzichtet worden war, »… und trotzdem haben es die Bullen nicht geschafft, die Info über das Tatort-Foto mit dem alten Naumburg drauf aus mir rauszupressen …«

Siggi war der Held des Abends, und sogar Lazlo, der sonst die größte Klappe hatte und schon mal im Knast gewesen war, zollte ihm Respekt und spendierte ihm ein Helles. Es blieb nicht bei einem Bier. Der Abend zog sich, und es gesellten sich etliche Kurze dazu. Jedem Neuankömmling musste Siggi seine Story erzählen. Das ist das wahre Leben, dachte er. Rock'n Roll! King vom »Häuserl«! That's Live! Und wenn's am schönsten ist, muss man 'nen Abgang machen. Seine Zeche hielt sich heute auch in Grenzen, weil er immer wieder eingeladen worden war. Unter Gejohle und Schulterklopfen verließ Siegbert »Siggi« Resch seine Stammkneipe. Diese Nacht war seine Geliebte, und es war nicht weit zu ihm nach Hause.

Jemand berührte ihn an der Schulter. Siggi drehte sich um. Die Faust sah er noch kommen – dann nichts mehr.

23

»Chef, ich brauche frei, morgen. Ich muss dringend nach Berlin.«

Zeil war gleich nach dem Gespräch mit Zimmermann bei Dr. Burger vorstellig geworden. Wenn es einen Satz gab, gleich aus welchem Munde, der mit vorhersagbar paradoxer Sicherheit das Motivationsgetriebe seines Motors in höchste Gänge schalten ließ, dann die Ansage, dass er sich irgendwo heraushalten solle. Hier funktionierte Zeil wie eine Mechanik Tinguelyscher Präzision. Rumpelnd und scheppernd setzte er sich über das höfische Zeremoniell bürokratischen Verhandlungsgeschicks und bayerischer Diplomatie hinweg, das Dr. Burger bei grundsätzlich schriftlich und in dreieinhalbfacher Ausfertigung zu stellenden Urlaubs- oder Zeitausgleichsanträgen so überaus zu schätzen pflegte. Und wenn es ein Satzfragment gab, das mit ebenso vorhersagbar paradoxer Sicherheit Dr. Burger an den Rand eines Nervenzusammenbruches bugsieren konnte, dann die in beliebigem Kontext mündlich vorgebrachten Worte: »… ich brauche frei …« Auch Dr. Burger funktionierte nun wie die Unruhe eines limitierten, hochkomplexen mechanischen Uhrwerkes schweizerischer

Präzisionsarbeit, welches selbst für den Gegenwert einer Doppelhaushälfte im Münchner Speckgürtel kaum zu erwerben sein dürfte.

»Steht dieser ...«, hier legte Polizeioberrat Dr. Burger eine seiner berüchtigten rhetorischen Pausen ein, »... dieser ominös dringende Ausflug nach Berlin in irgendeinem wie auch immer gearteten Zusammenhang mit Ihren derzeitigen Ermittlungen?«, fragte er.

»Nein, es handelt sich um eine wichtige private Angelegenheit ...«, antwortete Zeil.

»Dann vergessen Sie es!« Burger lehnte sich in seinem Sessel zurück, blickte Zeil mit aller momentan zur Verfügung stehenden Freundlichkeit an und forderte seinen Mitarbeiter gar nicht erst auf, Platz zu nehmen. Dann fuhr er fort:

»Mein lieber Herr Zeil, morgen ist Sonntag, wie Sie wissen, und die Menschen wollen nichts anderes als ausschlafen, frühstücken und nach einem gepflegten Restaurantbesuch vielleicht noch im Englischen Garten spazieren gehen. Manche Frauen zieht es in die Kirche, die Männer zum Frühschoppen und die Kinder vor die Glotze oder an ihre Spielkonsolen. Abends trifft man sich zum ‚Tatort' wieder. Also, der friedlichste Tag der Woche. Und diesen Sonntagsfrieden, mein lieber Zeil, gibt es nur, weil Männer wie Sie und ich Opfer bringen müssen zum Wohle der Allgemeinheit. Meine Frau und selbst meine beiden erwachsenen Kinder würden es bevorzugen, am Wochenende ihr Frühstück gemeinsam mit mir am Kaffeetisch sitzend einnehmen zu dürfen. Doch was tun sie stattdessen? Sie üben Verzicht! Und aus welchem Grund üben sie Verzicht? Weil sie sich meiner Verantwortung bewusst sind. Und Sie, Zeil? Soweit ich weiß, sind Ihre Eltern leider beide bereits verstorben. Frau und Kinder – Fehlanzeige! Was kann da in Ihrem Privatleben derart wichtig sein, dass Sie glauben, mitten in laufenden Ermittlungen, nach Berlin fahren zu müssen. Wie stellen Sie sich das vor? Was meinen Sie, mit welchen Konsequenzen wir bezüglich der allgemeinen Ordnungs- und Sicherheitslage zu rechnen hätten, wenn ich jedem Polizeibeamten sonntags frei geben würde?« Dr. Burger erwartete keine Antwort.

»Sehen Sie? Zudem kennen Sie unseren Krankenstand, Zeil. Ich kann im Moment niemanden entbehren. Solange die Ermittlungen auf der Stelle treten und kein Durchbruch absehbar ist – vergessen Sie es … Außerdem: Berlin! Berlin! Was wollen Sie in Berlin?«

Zeil setzte seinem Vorgesetzten die Sachlage mit dem Verschwinden seiner Ex - wie er dachte gut begründet - auseinander und vergaß auch nicht, die Schwerfälligkeit des Berliner Beamtenapparates in grotesk übertreibenden Zügen auszuschmücken.

»Trotzdem, Zeil! Kein Grund, in unüberlegten Aktionismus zu verfallen. Ihre Ex kann gut für sich selbst sorgen und hat aller Wahrscheinlichkeit nach nur einen neuen Lover, mit dem sie sich eine kleine, vergnügliche Auszeit gönnt.« Wenn Dr. Burger sich über ihn lustig machen wollte, so ließ er sich nichts anmerken.

Zeil hatte an die von seinem Vorgesetzten ins Spiel gebrachte Möglichkeit einer neuen Beziehung seiner Ex auch schon gedacht, doch die Vorstellung umgehend verworfen, zumal dann Miriam informiert gewesen wäre und auf ihren Telefonterror verzichtet hätte. Nicht einmal die üblicherweise argumentativ gut nutzbare Berlin-Aversion seines Vorgesetzten konnte Zeil heute zu seinen Gunsten verwerten.

»Zeil, ich warne Sie! Wenn Sie sich zu einer Übersprungshandlung hinreißen lassen und da irgendetwas im Entferntesten auf eigene Faust versuchen, dann kann ich Ihnen eines mit absoluter Sicherheit garantieren: dass Ihre Versetzung nach Hof unmittelbar bevorsteht und Sie hier, in meiner Abteilung, Ihren Schreibtisch räumen werden ...«

Das Gespräch mit seinem Vorgesetzten war jetzt fünf Stunden her, und es gärte noch immer. Bis in die Abendstunden war Zeil am Telefon gehangen, hatte wildfremden Menschen hinterher telefoniert, von denen er sich eine Untermauerung oder Widerlegung seiner Hypothesen erhoffte. Von den anderen im Team der SOKO durfte er kaum Hilfe erwarten, solange er keinen konkreten Ermittlungsansatz vorzuweisen hatte. Steffi versuchte weiter zu beweisen, dass der tote Willms – vielleicht zusammen mit seinem Arbeitskollegen Rico Enders – den Doppelmord begangen hatte. Schwab und Cakir konzentrierten sich auf den Unternehmensberater Thorsten Smekal, dessen wertschöpfende Konstruktion eines an sich selbst beteiligten Unternehmens-Perpetuum-Mobiles Cakirs Augen aus finanzästhetischen Gründen zum Leuchten brachte und dennoch nicht verschleiern konnte, dass Smekal im Grunde genommen pleite war. Kollege Schwab dagegen begeisterte sich für die juristische Raffinesse, mit der es dem Consultant gelungen war, jegliche Verantwortung und alle Haftungsfragen auf ein beschauliches Naturschutzgebiet im Werdenfelser Land zu übertragen. Eine Erbschaft käme Smekal sicher gut gelegen. Seine Firma »Karma Performance« wäre aus dem Gröbsten raus, aber eine Verbindung zu den Morden konnte das eingespielte Ermittlerteam bislang nicht herstellen. Die Untersuchungen der Soko »Rainstraße« kamen nur langsam voran. Die Beamten arbeiteten alle Spuren und Ermittlungsansätze systematisch der Reihe nach ab, bis sich neue Prioritäten ergeben würden.

Irgendwann, nachdem Dr. Burger seine letzte Kontroll- und Verabschiedungsrunde durch die Abteilungen gedreht und allen Untergebenen ein angenehm erholsames Wochenende gewünscht hatte, war Zeil auf sein Mountainbike gestiegen. Hauptbahnhof, auf der Luisenstraße durch die Maxvorstadt, über den Königsplatz, vorbei an TU und Altem Nördlichen Friedhof gen Schwabing, ins geliebte Schlonz. Zeil konnte sich nicht daran erinnern, dass er die Strecke jemals in einem vergleichbar rasanten wie rücksichtslosen Blindflug zurückgelegt hätte.

Er musste einen mehr als erbärmlichen Eindruck

hinterlassen haben, als er in seiner Stammkneipe auftauchte. Dora, die ihn sonst erst einmal zur Begrüßung anpflaumte, nickte ihm nur zu und stellte wortlos ein perfekt eingeschenktes Weißbier auf die Theke. Und Jan, sein sonst so schweigsamer Kumpel, fragte gegen jegliche Gewohnheit, was mit ihm los sei.

»Diese kleinkarierte Beamtenkacke! Ich hab es so satt! Mir steht es bis hierhin!«

Zeil hob seine Hand zur Nasenspitze. Was ihn aufregte, war weniger die aufgrund des Dienstplans zu erwartende Abfuhr seitens seines Vorgesetzten oder die im verbeamteten Kollegenkreis milde belächelte Standard-Drohung einer Versetzung nach Hof denn die unerträgliche Süffisanz, mit der sich Dr. Burger ins Wochenende empfohlen hatte. In Zeils Gedankenschmiede begann die Selbstgefälligkeit seines Chefs und die Stagnation der Ermittlungsarbeit eine merkwürdige Legierung einzugehen mit der Sorge um Anna und dem quecksilbrigen Wunsch, aus altgewohnt hierarchischen Strukturen auszubrechen, Neues zu wagen, etwas zu riskieren und seinem Leben eine andere Richtung zu geben. Die Leere des Himmels, die kleine Einsicht, die er am Nachmittag auf dem Flachdach ihrer Dienststelle erfahren durfte, war seine eigene Leere, ein Spiegel seiner Freiheit und seiner Ohnmacht gleichermaßen, etwas mit dieser Freiheit anfangen zu können. Wer bin ich eigentlich? Wer ist dieser Zeil, fragte er sich. Kannte er sich selbst? War er zum hirnlosen Rädchen geworden?

Zum verbeamteten Zahnrad im Staatsgetriebe – Funktion nach Dienstplan? Wann hatte er angefangen, sich selbst zu vergessen und nur darauf zu achten, was andere von ihm wollten? Durfte er sich diese Fragen überhaupt stellen? Was, wenn alle Menschen sich ihrer grundsätzlichen Freiheit bewusst werden, aus gelebter Arbeit und geliebtem Konsum aussteigen würden? Träte es ein, das von Dr. Burger befürchtete allgemeine Sicherheits- und Ordnungschaos? Was würde der Gesetzgeber dazu sagen?

Zeil erzählte Jan von Annas Verschwinden und von der Auseinandersetzung mit seinem Chef.

»Du hast dich doch schon längst entschieden, Zeil«, antwortete Jan. »Ich kenn dich doch. Mich wundert es nur, dass du noch nicht im Flieger nach Berlin sitzt. Oder glaubst du im Ernst, dass Burger dich nach all den Jahren im Polizeidienst so einfach rausschmeißen kann?«

»Richtung Berlin nehme ich besser das Auto. Beim Fliegen weißt du nie, auf welcher der siebenundzwanzig Großbaustellen der Bundesflughafenbauversuchsanstalt du landest.«

»Deine Scherze waren auch schon mal besser«, gab Jan zurück.

Zeil betrachtete intensiv den sich auflösenden Schaum seines Weißbiers, bevor er das Glas mit einem langen Zug zur Hälfte leerte. Sein Handy vibrierte im dienstlichen Modus. Er hob entschuldigend die Schultern und ging nach draußen vor die Kneipe, um den eingehenden Anruf in Ruhe entgegenzunehmen und um nicht befürchten zu müssen, polizeiinterne Datenschutzrichtlinien zu übertreten.

»Einen guten Abend, Kollege Zeil. Polizeiobermeister Bocksberger hier, PI 23 – München-Giesing. Wir haben hier etwas, das mit eurem Fall draußen in Haching zu tun haben könnte.«

»Danke für den Anruf, Kollege – um was geht´s?«

»Raubüberfall. Ein Siegbert Resch wurde vor seiner Stammkneipe zusammengeschlagen. Smartphone und Geldbörse sind gestohlen worden. Ich füttere gerade die Daten in das System, da blinkt Ihr Name in den grellsten Leuchtfarben. Deshalb rufe ich jetzt an. Herr Resch hat das Bewusstsein wiedererlangt und regt sich ziemlich auf, weil auf dem Smartphone, da war ein Foto …«

»Was für ein Foto?«, fragte Zeil.

»Angeblich ein Tatortfoto, das er von einer Leiter aus aufgenommen hat, als er das Tötungsdelikt entdeckt hat. Und jetzt will er den Diebstahl seines Fotos anzeigen und rechtliche Schritte einleiten für den Fall, dass seine Urheberrechte verletzt werden.«

»Okay, und wo befindet sich unser schlauer Hobbyfotograf im Augenblick?«

»Im Schwabinger Krankenhaus, im Bogenhauser waren keine Betten mehr frei.«

»Danke für die Info, Kollege Bocksberger. Ich fahr da noch vorbei …«

Zeil beendete das Gespräch und ging zurück in die Kneipe.

»Jetzt bist du wieder der Alte, Zeil.«

Freudestrahlend begrüßte ihn Dora, die Wirtin seines zweiten Zuhauses. Dem Unbehagen und den Zweifeln, die Doras Bemerkung in ihm auslösten, versuchte Zeil zu entkommen, indem er sich auf den kläglichen Rest seines mittlerweile schaumfreien Weißbiers fokussierte. Nur zu gerne hätte er der Wirtin seiner Stammkneipe widersprochen. Angewidert trank er aus.

»Es war dienstlich. Ich muss los.«

Zeil zahlte und verabschiedete sich. Es war nicht weit zum Schwabinger Krankenhaus – über Kurfürstenplatz und Belgradstraße brauchte er mit dem Rad keine zehn Minuten zum Haupteingang der Klinik. Sein Polizeiausweis half ihm dabei, sich über die Notaufnahme auf die Station vorzuarbeiten, auf der Siggi Resch angeblich liegen sollte.

»Was wollen Sie hier?«

Eine Stationsschwester der Nachtschicht schien vorgewarnt worden zu sein und bremste Zeil in seinem mitternächtlichen Ermittlungseifer. Er zeigte ihr seinen Dienstausweis.

»Der ist hier irrelevant ...«

Die Reaktion der Frau und ihr blonder Kurzhaarschnitt erinnerten Zeil an die Science-Fiction-Figur »Seven of Nine« – eine dem Borg-Kollektiv entrissene Drohne, deren Wiedereingliederung in die menschliche Gesellschaft mit Hindernissen verbunden war.

»Ich muss mit Herrn Resch sprechen, es ist wichtig.«

»Wichtig ist ausschließlich, dass unsere Patien-

188

tinnen und Patienten gesund werden. Eine Kneipen-schlägerei kann auch bis morgen warten«, gab die Drohne zurück.

»Der Mann wurde Opfer eines Raubüberfalls und ist ein extrem wichtiger Zeuge bei einem Kapital-verbrechen«, antwortete Zeil.

»Irrelevant! Kommen Sie morgen Vormittag wie-der, der Patient schläft!«

»Wecken Sie ihn auf! Ich muss ihn dringend spre-chen!«

»Was glauben Sie, wie das hier läuft? Ohne ärztli-che Anweisung wird hier niemand geweckt!«

»Dann holen Sie den Bereitschaftsarzt!«

»Selbst wenn ... Herr Resch musste operiert wer-den, wie alle Privatpatienten hier. Er steht noch unter Narkose. Ihr Zeuge ist sediert - den wecken Sie jetzt auch mit einem Feuerwerk nicht auf. Kommen Sie morgen am späten Vormittag, da sollte Herr Resch wieder ansprechbar sein.«

Zeil hatte ein Einsehen. Am Stationszerberus wä-re er vielleicht noch vorbeigekommen, aber was soll-te er mit wirren, höchst wahrscheinlich von Narkotika getrübten Aussagen anfangen? Über Parzival- und Leopoldstraße fuhr er stadtauswärts, um in östlicher Richtung über Frankfurter Ring und Situlistraße seine Wohnung in Freimann anzusteuern.

Die Fahrt mit dem Mountainbike hatte ihn aufge-putscht. Der Schlaf würde ihn meiden, wenn er jetzt zu Bett gehen wollte. Zeil holte sich ein Weißbier aus dem Kühlschrank, schenkte sich gemächlich ein und setzte sich auf seinen Balkon, um nächtlichen Verkehrsgeräuschen seiner Nachbarschaft zu lauschen und sich bei seiner Himmelsschau den Kreislauf vom Alkohol sedieren zu lassen.

24

MÜNCHEN
SONNTAG VORMITTAG

Es war kurz vor zehn Uhr, als ihn exzessiv katholischer Glockensound der nahen Kirche aus dem Bett und unter die Dusche jagte. Zu lange war Zeil auf seinem Balkon gesessen, bis ihn eine weißbiergenährte Müdigkeit übermannt und ihn das Bett hatte aufsuchen lassen. Sein Schlaf war traumlos und wenig erholsam gewesen. Zeil glaubte sich zu erinnern, dass ihn seine gefüllte Blase gegen halb vier geweckt hatte und er im Halbschlaf zur Toilette getappt war. Verdammt! Berlin! Er wollte längst unterwegs sein, doch erst musste er noch einmal in die Klinik, wegen Resch. Den Filterkaffee trank Zeil schwarz, aber mit viel Zucker – so sparte er sich das Frühstück.

Zeil holte seinen in die Jahre gekommenen schwarzen Corsa aus der Tiefgarage. Bis auf Radio, Licht- und Zündanlage funktionierte alles mechanisch. Unverwüstlich, die Karre. Hundertsechzigtausend Kilometer, und trotzdem hatte er seinen Wagen kaum je in die Werkstatt bringen müssen. Die Reifen wechselte er selbst, wenn es an der Zeit war, und einmal im Jahr belohnte er sein Auto mit einer Fahrt durch die Waschanlage. Zeil liebte seinen alten Opel.

Zahnbürste und das Nötigste zum Wechseln hatte er in seiner Sporttasche verstaut, die jetzt hinter ihm auf der Rückbank lag. Auf seine Dienstwaffe verzichtete er – sie ruhte im Wandsafe. Er wollte gegenüber seinen Berliner Kollegen nicht in Erklärungsnöte kommen, und noch mehr Ärger mit Dr. Burger und seinen Dienstvorschriften konnte er beim besten Willen nicht gebrauchen.

Zeil fuhr die gleiche Strecke wie am Vorabend, nur in die entgegengesetzte Richtung. Zu seiner Verwunderung gelang es ihm, ohne Probleme einen Parkplatz in der Parzivalstraße zu finden, keine hundert Meter vom Haupteingang der Klinik entfernt.

Der Nachtschicht-Alien war mit dem Schichtwechsel durch eine freundlich lächelnde Osteuropäerin ersetzt worden, die ihm ohne Umschweife den Weg zu Reschs Zimmer wies. Zeil klopfte und öffnete die Tür, ohne ein »Herein« abzuwarten. Siegbert »Siggi« Resch lag mit kunstvollem Kopfverband, diversen Kathedern, Schläuchen und Sensoren erkennbar rundum verarztet in seinem Krankenhausbett. Auf dem Stuhl daneben, Zeil den Rücken zugewandt, saß eine Frau, die er dennoch gleich erkannte – Steffi Ziegler.

»Guten Morgen, Herr Resch, ich hoffe, es geht Ihnen bald wieder besser … Darf ich Ihnen meine Kollegin kurz entführen?«

Das Krächzen, das Resch von sich gab, ließ Zeil einen breiten Interpretationsspielraum, der von eindeutiger Ablehnung bis zu einer gleichgültigen Zustimmung reichte.

»Kommst du kurz mit raus, Steffi?«

Wenig begeistert folgte ihm seine Kollegin hinaus auf den Flur.

»Ich bin mitten in einer Vernehmung. Was machst du hier, Konrad?«

»Das Gleiche könnte ich dich auch fragen«, gab Zeil zurück. »Du hast dich doch schon so lange auf diesen Sonntag mit Leon und deinem Mann gefreut.«

»Burger hat mich gefragt, ob ich den Dienst mit dir tauschen könnte - du müsstest dringend nach Berlin und hättest frei, bis einschließlich Montag … Warum redest du eigentlich nicht mit mir?« Steffi war sichtlich aufgebracht und lief den Gang auf und ab.

»Burger mal wieder! Muss sich überall einmischen!«, jetzt regte sich auch Zeil auf. »Ich wollte nicht mit dir tauschen.«

»Ruhe bitte! Sie sind in einem Krankenhaus! Wenn Sie streiten wollen, gehen Sie woanders hin.« Die eben noch so freundliche osteuropäische Krankenschwester kam aus einem der Zimmer und zeigte ihre energische Seite. Zeil entschuldigte sich. In gedämpftem Ton sprach Steffi auf Zeil ein:

»Was glaubst du denn, wie Burger tickt? Der kennt dich und deine Einzelaktionen doch schon eine halbe Ewigkeit. Der muss schauen, dass der Laden läuft. Meinst du, dass Burger Hunderttausende an Euro in deine Polizeiausbildung investiert, nur, dass er dich aus disziplinarischen Gründen vor die Türe setzen muss und du für drei Euro fünfzig die Stunde bei einem Sicherheitsdienst anheuern darfst?«

»Die haben doch schon längst den Mindestlohn …«

»Du bist hoffentlich über die realen Arbeitszeiten im Bilde, und was die dann tatsächlich nur an Stunden aufschreiben dürfen? Aber lenk jetzt nicht vom Thema ab! Du kennst unsere Personalsituation. Du darfst am kommenden Wochenende ran, Konrad, und jetzt schau, dass du nach Berlin fährst. Ich muss wieder rein zu Meister Resch.«

»Okay, du hast was gut bei mir, Steffi. Aber, frag Resch doch noch …«

Zeil setzte Steffi kurz auseinander, was er bei seinen gestrigen Telefonaten und Ermittlungen herausgefunden hatte und worin sein neuer Ansatzpunkt bestand. Er verließ die Klinik, um mit seinem alten Corsa über Belgradstraße und den nun zum wiederholten Male mit millionenteurer, voll funktionsfähiger Verkehrsüberwachungs- und Brandschutztechnik ausgestatteten Petueltunnel die Nürnberger Autobahn anzusteuern.

25

Zeil ärgerte sich weniger über Dr. Burger als über sich selbst. Er hätte einfach fahren sollen, Burger außen vorlassen, gar nicht erst fragen sollen. Eine plausible Begründung seiner Fahrt nach Berlin, einen Zusammenhang mit den laufenden Ermittlungen hätte sich im Nachhinein sicher konstruieren lassen. Alle handelten so – es war lediglich eine Frage der Kreativität, widrige Umstände neu zu interpretieren, zu »reframen«, wie Zeil einmal irgendwo gelesen hatte. Angefangen bei den Mördern und Totschlägern, denen er im Laufe seiner Karriere begegnet war, und die sich ihre Wirklichkeiten stets so zurechtbastelten, um die Ausweglosigkeit ihres eigenen Handelns begründen und vor sich selbst rechtfertigen zu können. Oder die Verantwortlichen in allen Bereichen der Gesellschaft, deren Überzeugungen so lange alternativlos waren, bis etwas schief gegangen und aufgedeckt worden war. Bisweilen spielte nun das Erinnerungsvermögen bizarre Streiche - ganz in Abhängigkeit von der Höhe der erklommenen Karriereleiter. Die finanzielle Unterstützung zweifelhafter Projekte ließ sich leicht umdeuten zu unabdingbaren Maßnahmen der Arbeitsplatzerhaltung oder zu originelleren Formen der Wirtschaftsförderung. Die bewilligten Gelder waren ja nicht wirklich »verbrannt«, »versenkt« oder »geschreddert«, wie die Medien gerne schlagzeilten, sondern ganz legal investiert und in einer intelligenten Vernetzung klug verteilt. Im Zweifel berief man sich auf kommunikative Missverständnisse, und im schlimmsten Fall offensichtlichen Fehlverhaltens übernahm man die volle Verantwortung, trat zurück, nutzte seine aufgebauten Netzwerke und wechselte auf einen medial etwas weniger beachteten, aber finanziell dankbaren Beraterposten in die Wirtschaft, ging als Lobbyist nach Brüssel oder Straßburg zur EU beziehungsweise in den Vorstand einer parteinahen Stiftung.

Zeil merkte, dass seine Gedanken auf sumpfiges Terrain gerieten. Steffi hatte vollkommen recht: Sie redeten zu wenig miteinander. Sprachen sich nur ungenügend ab. Nur so hatte Dr. Burger das Heft in die Hand bekommen und die Gelegenheit genutzt, Zwietracht zu säen. Zeil hätte auch einen der anderen Kollegen fragen können, ob er den Dienst mit ihm tauschen würde. Dann hätte Steffi nicht auf ihren wohlverdienten Familiensonntag verzichten müssen.

Zeil kam nur langsam aus der Stadt heraus. Die Fahrspur, die er gewählt hatte, schien die zu sein, auf der es am langsamsten vorwärts ging. Was war da wieder los? Sonntag Spätvormittag sollten weder Pendler noch Ausflügler auf der Autobahn gen Norden unterwegs sein ... Zeil schob Coldplay in den CD-Spieler und betrachtete die düster aufziehenden

Wolken über einer Versicherungssportstätte. Die Musik half. Der Verkehr auf der A9 entspannte sich im gleichen Maße wie Zeil selbst. Trancefahrt. Autopilot. Was mit Anna los war? Wegen ihr war er auf dem Weg nach Berlin. Zeil gab Gas. An seine Arbeit und den aktuellen Fall dachte er kein einziges Mal, bis er die Autobahnausfahrt Naumburg / Zeitz / Teuchern / Osterfeld passierte. Bei früheren Fahrten nach Berlin war ihm diese Ausfahrt nicht weiter aufgefallen. Jetzt sorgte das Verkehrsschild dafür, dass sich Bilder des Tatorts in sein Bewusstsein schoben. Wie Dr. Jürgen Naumburg, eines der beiden Mordopfer, wohl zu seinem Namen gekommen war? Hatten seine Vorfahren irgendwann in der Gegend gelebt? Durchaus wahrscheinlich, womöglich alter sachsen-anhaltinischer Adel. Obwohl, er hätte auch den Namen seiner Frau angenommen haben können, dann stammten ihre Vorfahren … Selbst diese Variante war nicht gewiss. Mit ein kleinwenig notarieller Unterstützung war eine Namensänderung heutzutage kein Problem mehr, auch eine Adoption kam infrage. Zeil genoss die alte Übung, im Geiste unterschiedlichste Hypothesen durchzuarbeiten. Nichts sei der Rekonstruktion eines Tathergangs abträglicher, so sein Ausbilder damals, als sich vorschnell auf einen Täter oder eine einzige vermeintliche Wahrheit festzulegen. Zeil wechselte die CD. SeeeD. Zur Einstimmung auf Berlin gab es nichts Besseres. Auch, um auf andere Gedanken zu kommen. Seine bei jeder Gelegenheit um den aktuellen Mordfall kreisenden Gedanken nervten ihn bereits.

Zeil war seit bald viereinhalb Stunden unterwegs. Die Blase drückend voll, sein Magen rebellisch leer, und auch der Füllstandsanzeiger seines Corsa näherte sich bedenklich dem roten Bereich. Zeit für eine Pause. An der Raststätte Osterfeld verließ Zeil die Autobahn für eine dreiviertel Stunde, das Nötigste zu erledigen.

Wo mit der Suche nach Anna beginnen? Den Rest der Fahrt sollte er sich einen Plan zurechtlegen, dachte Zeil. Alle weiteren Versuche, Anna auf ihrem Smartphone oder ihrem Festnetzanschluss zu erreichen, waren auch heute gescheitert. Bei Miriam anzusetzen, schien ebenso zwecklos – sie drückte ihn nach dem ersten oder zweiten Klingeln einfach weg. Persönlich bei Miriam aufzukreuzen, konnte sich als schwierig erweisen. Ihre Adresse zu ermitteln, würde ihn einiges an Zeit kosten, und er war ohne Navi unterwegs. Zeil hatte ohnehin Probleme genug, Annas Wohnung anzusteuern. Baustellen, Umleitungen, veränderte Verkehrsführungen – jedes Mal hatte er sich verfranzt, und sein letzter Berlinbesuch lag mehr als ein Jahr zurück. Trotzdem wollte er bei Annas Wohnung mit der Suche beginnen. Ein ehemaliger Kollege der Vermisstenstelle – seinen merkwürdigen Namen hatte Zeil längst vergessen, er wusste nur noch, dass der Vorname mit einem »T« begonnen hatte –, dieser Kollege jedenfalls hatte ihm und zwanzig anderen Anwärtern kurz und trocken geraten, bei einer Personensuche »ganz am Anfang« anzufangen. Ob das alles sei, wollte ein vorwitziger Seminarteilnehmer unvorsichtigerweise in Erfahrung bringen. »Das ist alles!«, hatte der Referent – ein Experte auf seinem Gebiet – geantwortet, sich für die Aufmerksamkeit bedankt, und die Fortbildung daraufhin für beendet erklärt. Zwanzig Mann hoch standen sie herum, abkommandiert aus allen möglichen Dienststellen Bayerns, ratlos schweigend und einfach nur verblüfft, bis einer auf den Gedanken kam, die sich bietende Gelegenheit zu einem »kollegialen Erfahrungsaustausch« zu nutzen und hierzu einen der berühmten Münchner Biergärten aufzusuchen. Mittlerweile glaubte Zeil eine leise Ahnung davon zu besitzen, was der Referent gemeint haben könnte. Anna hatte ihn ganz am Anfang von zu Hause aus angerufen, hier würde er mit seinen Nachforschungen beginnen, außerdem hoffte er, dass Anna daheim sei und sich alles als ganz harmlos herausstellen würde.

Nach weiteren zweieinhalb Stunden hatte Zeil sein Ziel erreicht. Es war ihm – zu seiner großen Verwunderung – sogar gelungen, sich dieses Mal nicht zu verfahren. Am Dreieck Nuthetal hielt er sich Richtung Potsdam-Zentrum und fuhr bald schon auf der altehrwürdigen AVUS, jener noch zu Vorkriegszeiten gebauten »Automobil-Verkehrs und Übungs-Straße«, die seinerzeit noch an Wochenenden für den Rennsport gesperrt war und heute ihre Benutzer gerade noch mit hundert Stundenkilometern vor sich hindümpeln ließ. Vorbei am Funkturm, Richtung Tempelhof, stadteinwärts über Tempelhofer- und Mehringdamm, ging es bei frei fließendem Verkehr und ohne, dass Zeil eine einzige Baustelle erblickt hätte, nach Kreuzberg hinein. Gitschiner und Skalitzer Straße. Ab dem Kottbusser Tor war ihm die Gegend vertraut, und in der Lausitzer Straße fand Zeil auf Anhieb einen Parkplatz. Er wusste nicht, ob dies ein gutes oder schlechtes Omen war, auch der Himmel über Berlin sprach nur im Grau einer durchgängigen Wolkendecke zu ihm. Die Tasche ließ er im Auto. Annas Wohnung war nicht weit entfernt.

Das Haus, in dem sich Annas Wohnung befand, strahlte die Gelassenheit eines Gebäudes aus, das, vielleicht zu wilhelminischen Zeiten erbaut, mehreren Generationen Schutz und Obdach gewährt hatte vor den unberechenbaren Fährnissen dieser Welt. Mit seinen Bewohnern hatte es auf behutsame Weise Freud und Leid geteilt. Menschen kamen und sie gingen wieder, sie gründeten Familien, Kinder wurden geboren, wuchsen auf, zogen fort. Manch einer starb im Kreise der Familien oder im diskreten Schutz seiner vier Wände einsam und alleine. Das Haus hatte allem standgehalten - dem Elend der Weimarer Republik, dem braunen Terror danach, den nächtlichen Bomben, Flucht und Besatzung - es blieb ebenso gleichmütig gegenüber Mauerbau und Mauerfall wie gegenüber den im dreitägigen Turnus stattfindenden Partys der studentisch-kreativ-prekären Wohngemeinschaft.

Die Haustüre war angelehnt wie immer. Zeil kannte den kühl-muffigen Geruch des Durchgangs zum Hof von früheren Besuchen. Nichts hatte sich verändert. Der ursprünglich schwarz-weiß gefliese Boden, dessen abgenutzte oder gesprungene Kacheln eine unbestimmbare Farbe angenommen hatten. Der mit einem hochwertigen Schloss gesicherte Kinderwagen-SUV, der auch nebeneinander sitzenden Drillingen ausreichend Platz hätte bieten können und dessen Reifen seine »tags« dort, wo die anderen Graffito-Künstler keinen Wahrnehmungsraum für sich beanspruchten, an der weißgetünchten Wand hinterlassen hatten. Die arg ramponierte Briefkastenanlage aus Vorversandhandelskatalog- und Pre-Amazon-Zeiten, bei der die Zuordnung der Postaufnahmefächer zu den einzelnen Mietparteien einem System gehorchte, das unter den Einweihungs- und Initiationsriten des Berliner Zustellgewerbes einen vorderen Platz einnahm. Bestens gefüllt mit allerneuesten Handels- und Produktinformationen, die nie zuvor ein Mensch zu lesen bereit war, stach Annas Briefkasten hervor. Die Menge an Papier, die hier in kreativstem Postbotenorigami verbaut und hineingestopft worden war, deutete darauf hin, dass der Kasten seit Tagen nicht mehr geleert wurde. Schlechtes Zeichen, befand Zeil. Er quetschte sich am Kinderwagen vorbei und ging rechts die Treppe hoch. Das kunstvoll gearbeitete schmiedeeiserne Geländer mit dem von jahrzehntelanger Benutzung polierten eichenhölzernen Handlauf erinnerte daran, dass das Haus schon bessere Zeiten gesehen hatte. Was würde davon bleiben, fragte er sich, wenn der Investor seinen Willen bekam? An der Wohngemeinschaft vorbei ging er weiter nach oben. Auf dem höher gelegenen Treppenabsatz zwischen der WG und Annas Wohnung standen Reinigungsutensilien, die ihm – wie aus einem Traum – seltsam vertraut erschienen: Putzeimer und Wischmopp, dazu eine kleine Kehrschaufel nebst Handbesen. Als überdeutliche Mahnung, dass diese Woche Anna mit der Reinigung des Treppenhauses an der Reihe war, und, dass sie ihrer Pflicht bislang noch nicht nachgekommen war. Zeil ging weiter nach oben.

Auf dem Absatz direkt vor Annas Wohnung – mit dem Rücken zu Zeil – bückte sich ein Mann, der etwas aus einer Plastiktüte zu verteilen schien. Er hatte Zeil nicht kommen hören.

»Was machen Sie ...?«, fing Zeil mit der Frage an, als der Mann sich blitzschnell aufrichtete und versuchte, an Zeil vorbei die Treppe hinunter zu stürmen. Zeil packte ihn am Arm. Der Mann stürzte sich auf ihn und stieß ihn nach unten. Der Aufprall des von oben kommenden Mannes war so stark, dass Zeil rückwärts auf den hinter ihm liegenden Treppenabsatz fiel, unsanft gebremst durch Eimer und Kehrschaufel. Der Mann landete auf ihm. Der überraschende Angriff, die Wucht des Zusammenstoßes – Zeil befand sich in der ungünstigeren Position und war eindeutig im Nachteil. Den Arm des Mannes hatte er loslassen müssen, um den Sturz abzufedern.

Dennoch machten sich Fallschule und jahrelanges polizeiliches Jijitsu-Nahkampftraining bezahlt. Zeil bekam den sich wieder aufrappelnden Gegner am Fuß zu fassen und setzte einen Hebel an. Im Fallen versetzte ihm der Mann einen heftigen Tritt mit dem anderen Fuß in die Rippen. Der Treffer nahm Zeil den Atem – er krümmte sich vor Schmerz, und sein Widersacher konnte sich aus dem Griff befreien.

»Polizei«, keuchte Zeil.

Dies schien Zeils Gegner nur neue Energie zu verleihen. Zwar war er ein Stück die Treppe hinuntergestürzt und hatte sich eine Platzwunde am Kopf zugezogen, doch das Wort »Polizei« mobilisierte weitere Kräfte des Unbekannten. Gleichzeitig mit Zeil kam er auf die Beine. Durch den Treppensturz hatte er an Vorsprung gewonnen. Mehrere Stufen auf einmal nehmend, rannte Zeil hinterher. Beinahe hätte er seinen Gegner eingeholt, doch der Mann hatte sich an dem Kinderwagen vorbeigezwängt und diesen so umgekippt, dass er für Zeil eine unüberwindliche Barriere darstellte. Mühsam richtete Zeil das Gefährt wieder auf und lief auf die Straße hinaus. Der Angreifer war verschwunden.

»Mist!«, schrie Zeil und ärgerte sich, dass er sich so hatte übertölpeln lassen. Wobei – sein Gegner war von oben gekommen, und er hatte sich in einer nachteiligen Ausgangsposition befunden. Der Kampf auf der Treppe hätte auch ganz anders ausgehen und sie beide im Krankenhaus landen können. Den Flüchtigen würde er jederzeit wieder erkennen. Zeil war sich nur noch nicht sicher, ob er sich um Unterstützung an seine Berliner Kollegen wenden sollte. Doch eines war gewiss. Wo Anna auch sein sollte – sie befand sich in höchster Gefahr.

26

BERLIN
SPÄTNACHMITTAG

Zeil ging wieder ins Haus zurück. Vielleicht brachte es ihn weiter, wenn er herausfand, was der Unbekannte vor Annas Wohnungstüre zu suchen hatte. Auf dem Absatz vor der Wohngemeinschaft und auf den Treppenstufen hatte der Angreifer durch seine Platzwunde eine deutliche Blutspur hinterlassen. Asservatenbeutel hatte Zeil zu seinem Bedauern nicht dabei. Er behalf sich damit, etwas Blut mit einem Papiertaschentuch aufzuwischen und dieses dann mit einem weiteren Taschentuch zu umwickeln. Die Kriminaltechniker würden trotzdem etwas damit anfangen können, dachte Zeil. Vielleicht landeten sie einen Treffer, falls er dem rabiaten Unbekannten nicht selbst noch einmal über den Weg laufen sollte.

Zeil roch es bereits, bevor er etwas sah. Der Mann hatte Hundehinterlassenschaften jeglicher Konsistenz und des widerwärtigsten Geruchs- und Farbspektrums aus der Einkaufstüte eines bekannten Feinkostladens direkt vor Annas Wohnungstüre verteilt - olfaktorische Tretminen im Abstand weniger Zentimeter. Zeil hatte ihn bei seiner ekelhaften Arbeit gestört, die Tüte war noch zur Hälfte gefüllt. Welch irrlichternde Verbindungen mussten die Synapsen

unter der Schädeldecke dieses Psychopathen eingegangen sein, dass sie ihn auf die Idee gebracht hatten, den Hundekot eines ganzen Stadtviertels einzu-
sammeln, um ihn hier aufs Neue verteilen zu dürfen?
Der Mann musste ziemlich krank sein, dachte Zeil.
Aber mit Annas Verschwinden schien er nicht in Verbindung zu stehen, denn sonst wüsste er, dass sie
vermisst wurde, und er hätte sich diese Aktion erspa-
ren können. Wer auch immer dieses Ekelpaket sein
mochte, zu Annas engerem Freundeskreis sollte man
ihn besser nicht zählen.

Zeil holte die Kehrschaufel und den kleinen
Handbesen, um sich einen Weg zur Wohnungstüre zu
bahnen. Wenn er sich Zugang zu Annas Wohnung
verschaffen und dort mit seiner Spurensuche beginnen wollte, musste er den Treppenabsatz von den
gröbsten Verunreinigungen befreien. Zeil schaufelte
gerade ein besonders gelungenes Exemplar tierischer
Verdauung in die Einkaufstüte des Feinkostladens
zurück, als ihn der erste Hieb an der Schulter traf.
War der Angreifer zurückgekommen? Hatte er sich
bewaffnet? Zeils polizeiausbildungstrainierten Refle-
xe halfen ihm, die auf ihm landenden Stockschläge
mit ausgetüftelten Blocktechniken abzuwehren, die
jeder Kung-Fu-Film-Zeitlupeneinstellung zur Ehre
gereicht hätte. Beinahe wäre er auf die mit der braunen Masse gefüllte Einkaufstüte getreten.

»Du Schwein!«, schrie eine ihm bekannte Stimme
- es war Anna.

Zeil gelang es, den Stiel des Wischmopps in den Griff zu bekommen.

»Anna!«, rief er. »Hör auf jetzt! Schluss!«

Wütend starrte sie ihn an.

»Konrad, du Aas! Ich bring dich um …!«

Sie versuchte Zeil den Wischmopp zu entreißen, um erneut auf ihn einschlagen zu können, doch es gelang ihr nicht mehr, die provisorische Waffe gegen ihn einzusetzen. Zeil hielt den Stiel fest mit beiden Händen.

»Stop!«, rief Zeil. »Jetzt lass doch mal …«

Annas Angriffsenergie ließ nach. Erschöpft kauerte sie sich auf die Treppe. Zeil entwand ihr den Mopp, stellte ihn zurück zu den anderen Reinigungsutensilien und setzte sich neben Anna auf die Stufe.

»Ich hätte nie gedacht, dass du hinter diesen Stalkingaktionen stecken könntest, Konrad«, sagte sie enttäuscht. »So gewinnst du mich nie zurück. Du musst endlich begreifen, dass es aus ist zwischen uns. Du musst lernen loszulassen.«

»Stalkingaktionen? Hallo, geht´s noch?«, antworte Zeil. »Ich bin froh, dass du wieder hier bist und dir anscheinend nichts passiert ist. Wir - deine Freundin Miriam und ich - haben schon das Schlimmste befürchtet. Auf meiner Dienststelle habe ich alles in Bewegung gesetzt, damit ich nach Berlin fahren kann, weil du spurlos verschwunden warst. Dein Umfeld hat sich Sorgen gemacht, und du hältst es nicht für nötig, Bescheid zu geben, wenn du für ein paar Tage abtauchen willst. Zum Dank dafür lasse ich mich von einem Unbekannten die Treppe hinunter stoßen und werde von dir mit dem Wischmopp verprügelt, als ich versuche, diese Sauerei vor deiner Wohnung zu beseitigen.«

Anna schwieg. Aufgebracht berichtete Zeil ihr von dem Angreifer, mit dem er kurz zuvor auf der Treppe gerungen hatte und der ihm leider entkommen war. Zeil beschrieb Anna den Mann und versicherte ihr, ihn jederzeit wieder erkennen zu können. Außerdem habe sich der Kerl bei seinem Treppensturz eine Platzwunde zugezogen und Zeil dadurch in die Lage versetzt, die DNA des Angreifers zumindest provisorisch sicherzustellen.

Anna schüttelte den Kopf.

»Ich glaub das jetzt nicht! Und ich dachte, ich hätte mich getäuscht ... Auf dem Weg von der U-Bahn hierher rannte ein Mann an mir vorbei, der stark aus einer Kopfwunde blutete und der einem meiner Mitarbeiter ziemlich ähnlich sah. Das gibt es doch wirklich nicht ...!«

»Hast du irgendwo ein Foto, auf dem der Mann abgebildet sein könnte?«, fragte Zeil.

»Komm!«, sagte Anna.

Sie gingen hinauf zu Annas Wohnung. Zeil räumte die Tüte mit dem unappetitlichen Inhalt zur Seite, während Anna die Türe aufschloss und mit einem großen Schritt – um nicht doch noch in verbliebenen Hundekot zu treten – ihre Wohnung betrat. Zeil folgte ihr mit einem gewagten Sprung in die lang gezogene Diele.

»Schau, ob du ihn findest«, sagte Anna, »das ist unsere Belegschaft.«

Sie deutete auf ein silbern gerahmtes Gruppenbild in Postergröße. Anna ist die einzige Frau in diesem Universum, dachte Zeil, die sich zuhause ein vergrößertes Foto ihrer Arbeitskollegen in den Flur hängt. Warum nicht gleich als Fototapete in Wohn- oder Schlafzimmer? Gleichzeitig bewunderte er Anna dafür, dass sie sich nicht zu einer Suggestivfrage hatte hinreißen lassen. Manch einer seiner geschätzten Polizeikollegen hätte das Konterfei des Verdächtigen auf dem Gruppenbild selbst gesucht, darauf gedeutet und dann gefragt: »War es dieser Mann da?« Anna war einfach zu klug, um in solch selbst gestellte Fallen hineinzutappen.

Das Bild der Stammbelegschaft der STRANGE AG zeigte geschätzte einhundertfünfzig aufgeweckt bis schafsloyal blickende Menschen – vom Fotografen wie für ein Klassenfoto arrangiert – eng gruppiert um ihren Vorstandsvorsitzenden Wolfgang Abt. Zeil ging davon aus, dass Nähe und Distanz zum Firmenchef sich auch auf dem Gruppenbild des Konzerns widerspiegelten. Anna fand er schnell in der zweiten Reihe – der erweiterte Führungskreis, das mittlere Management. Seinen Gegner suchte er weiter außen, in der Peripherie, am Rand des Fotos. Falls der Stalker wirklich Teil der Belegschaft der STRANGE AG war, würde er ihn vermutlich eher unter den außen stehenden Personen finden, dachte Zeil. Oben in der vorletzten Reihe entdeckte er ihn, der Dritte von rechts – Zeil war sich sicher. Er rief Anna, die zwischenzeitlich in ihrer Wohnung verschwunden war, zu sich und zeigte ihr den Angreifer.

»Bruno Ohlmann«, meinte sie lapidar, »der Mann, den ich coache. Einer unserer Begabtesten. Ein Hoffnungsträger. Ehrgeizig bis zur Haarspitze. Ich wollte ihn langsam aufbauen, musste ihn in seinen Ambitionen und seinem Übereifer aber immer wieder bremsen. Vermutlich sah er mich nur als ein lästiges Hindernis auf dem Weg nach oben. Nächtliche Telefonanrufe, merkwürdige Postsendungen und jetzt diese Sauerei. Der hat tatsächlich gehofft, dass ich die Nerven verliere, aufgebe und meinen Posten räume. Unglaublich! Ohlmann ein Stalker! Billig und stillos! Sieht ihm gar nicht ähnlich.«

»Ist das auch der Mann, den du glaubst gesehen zu haben?«, fragte Zeil. Anna nickte enttäuscht.

»Ich werde dafür sorgen, dass Ohlmann seinen Ambitionen gerecht werden kann«, meinte sie. »Wir haben auch dieses Jahr eine nur mäßig erfolgreiche Abteilung, die den Vorgaben der Leitungsebene nicht gerecht werden will, ihre Zahlen nicht auf die Reihe bekommt und die in nächster Zeit komplett abgewickelt werden soll. Ist alles noch vertraulich. Die wissen nichts von den anstehenden betriebsbedingten Kündigungen. Momentan suchen sie einen neuen Abteilungsleiter, und Ohlmann ist jetzt der geeignete Kandidat. In ein, zwei Monaten werden wir den gesamten Bereich outsourcen und mein ehrgeiziger Freund Bruno Ohlmann wird dann mit dabei sein.«

»Aber behalt ihn im Auge, der Typ ist ein hochgradiger Psychopath. Wenn der dahinter kommt, dass du das veranlasst hast ...«, sagte Zeil.

»Keine Angst, Konrad. Auf meiner Ebene hat man es häufiger mit Persönlichkeitsstörungen zu tun, als einem lieb sein kann. Du lernst damit umzugehen, oder du bist fehl am Platz. Die meisten Führungskräfte, deren wichtigstes Arbeitskapital in den eher unangenehmen Facetten ihres Charakters besteht, kompensieren ihre Psychopathologien gerne durch übertriebene Freundlichkeit gegenüber dem Personal von Luxushotels und gehobener Gastronomie. Bestenfalls bleiben sie beim Golfen unter ihresgleichen. Dass einer wie Ohlmann – ziemlich kooperativ im bisherigen Coaching-Prozess – dermaßen verdeckt aggressiv aus dem Ruder laufen kann, habe ich bislang noch nicht erlebt, aber wenn man weiß, mit wem man es zu tun hat und welch extreme Methoden derjenige auf Lager hat, ist das alles kein Problem mehr. Notfalls regelt das unsere Security – die haben ganz andere Möglichkeiten als du und deine rechtschaffenen Polizeikollegen.«

27

Zeil befand sich auf der Rückfahrt. Der gestrige Abend mit Anna war anders verlaufen, als er ihn sich vorgestellt hatte. Nachdem sie gemeinsam Annas Arbeitskollegen als Stalker und Angreifer identifiziert hatten, machten sie sich an die Reinigung des Treppenabsatzes vor Annas Wohnungstür. Zeil verfrachtete die restlichen Hundehaufen zurück in die Tüte und brachte sie zum Müll nach unten, während Anna Absatz und Treppe wischte. Sie hatte ihn gefragt, ob er Hunger habe und dann feierlich einen Barolo entkorkt, der sein knapp kalkuliertes Polizeibeamtenbudget ernsthaft ins Wanken gebracht hätte. Annas sagenhafte Spaghetti aglio e olio beschworen Erinnerungen an die besten Zeiten ihrer Beziehung und brachten ihn schier um den Verstand. Sie erzählte ihm, dass Arbeitsstress und Stalking ihr den letzten Nerv geraubt und sie deshalb in den letzten Tagen eine »Auszeit« gebraucht hätte, um wieder zu Kräften zu kommen und sie sich in einem Wellness-Hotel habe verwöhnen lassen. Von Samstag auf Sonntag sei sie dann bei Miriam gewesen, am Montag müsse sie aber wieder zur Arbeit. Zeil glaubte ihr kein Wort und konfrontierte sie noch am Küchentisch mit dem Gespräch, das er mit Zimmermann, dem Beamten des Bundeskriminalamtes, geführt hatte. Er verschwieg ihr den Klarnamen des Kollegen. Zeil wollte wissen, was das für eine Aktion sei, in die sie verwickelt sei, und aus der er sich heraushalten solle. Anna leugnete lange, bis der elegante Rotwein seine Wirkung entfaltete, sie sich mehr und mehr in Widersprüchen verheddterte und sie abrupt entschied, dass er sich nicht in ihre Privatangelegenheiten einzumischen habe. Zeil gestand ihr seine Sorge und seine Befürchtung, dass sie manipuliert und in gefährliche Machtkämpfe zwischen staatlichen und wirtschaftlichen Organisationen hineingezogen werden könnte, die selbst für sie nicht zu durchschauen seien.

»Lass das mal meine Sorge sein«, hatte Anna gesagt. »Erzähl, wie läuft´s denn so in München? Was macht Jan? Gibt es Dora und das Schlonz noch?«

Zeil ging auf ihre Versuche, das Thema zu wechseln, nicht ein. Doch erst auf sein Insistieren und feierliche, hochheilige Schwüre auf jede nur mögliche Wolkenformation hin, alles für sich zu behalten und selbst bei Kenntnisnahme einer Straftat von seinen polizeilichen Pflichten abzusehen, war Anna bereit gewesen, damit herauszurücken, was sie wirklich in den letzten Tagen erlebt hatte. Angefangen damit, wie sie gegen ihren Widerstand von zwei Männern in einen Kombi gezerrt wurde und unversehens ihrem verhaltensgestörten Jazzkneipenbekannten gegenüber saß, der sich mittels Dienstausweis als ein Beamter des Bundeskriminalamtes namens Friedrich vorstellte. Annas Beschreibung des BKA-Mannes passte nur allzu gut zu Zeils Vermutung, dass der Beamte einen Decknamen verwendete und Zeil erst kürzlich via »policekype« mit ihm in Kontakt getreten war. Zeil behielt seine Erkenntnisse für sich. Der BKA-Beamte habe sich bei Anna dafür entschuldigt, zu der »drastischen Maßnahme einer kleinen Entführung« habe greifen zu müssen, erzählte Anna, da sie an jenem Abend ihres erstmaligen Treffens völlig über-reagiert habe und geflohen sei, nachdem er ihr die Schokolade mit achtundsiebzigkommafünfunddreißig Prozent Kakaoanteil überreicht habe. Ob sie sich denn nicht an das Erkennungszeichen zwischen ihr und ihrem Kontaktmann »Index« erinnern könne, habe Friedrich sie gefragt, stünde doch alles in ihrem umfangreichen Dossier. Dunkel sei ihr die Vereinba-rung in den Sinn gekommen, dass »Index« – falls er selbst verhindert sei – einen Stellvertreter mit einer Tafel ihrer Lieblingsschokolade schicken würde. Wie-so er das Schaufenster der Chocolaterie habe einwer-fen müssen, wenn es nur darum ginge, mit ihr in Kon-takt zu treten, habe sie Friedrich gefragt. Der BKA-Mann sei diesem Thema aber ausgewichen. Zeil er-klärte Anna, dass es sich bei dieser Vorgehensweise vermutlich um ein geheimdienstlich inspiriertes BKA-Prozedere handeln könnte, um Anna mit der Beteili-gung an einer Straftat zu kompromittieren, juristisch etwas gegen sie in der Hand zu haben und sie auf diese Weise gegebenenfalls leichter zu einer zufrie-den stellenden Zusammenarbeit zu überreden. Warum »Index« nicht selbst gekommen sei, habe sie wissen wollen. Dies sei das Thema, über das man mit ihr etwas ausführlicher sprechen müsse, »ein kurzes briefing nur«, habe Friedrich erklärt. Anna sei vermutlich in großer Gefahr und in ihrer Wohnung alles andere als sicher, was sie angesichts ihres Stalkers als plausibel empfand. Ob der Tautologie und Widersprüchlichkeit der Aussage des Kriminalbeamten habe sie ihre Entführer schon nicht mehr sonderlich ernst nehmen können und die Situation als vergleichsweise harmlos eingeschätzt, meinte Anna. Sie sei froh gewesen, nach der widerlichen Postsendung und den nervenden Stalkinganrufen – mit ihrem Einverständnis - in ein »sicheres Haus am See« gebracht worden zu sein. Lediglich an ihrem Arbeitsplatz hätte sie sich krank melden müssen, wäre dann aber umgehend unter eine »kommunikative Quarantäne« gestellt worden.

Das Haus am See habe auf einem riesigen Anwesen mit altem Baumbestand gelegen, die Umgebung sei ihr aber nicht bekannt vorgekommen. Weit und breit keine anderen Häuser oder Gebäude, anhand derer sie sich hätte orientieren können. Das Wohnzimmer im Erdgeschoss bot einen grandios panzerglasgeschützten Seeblick und alle nur erdenklichen Annehmlichkeiten moderner Unterhaltungselektronik, von der ultra-edlen HiFi-Anlage bis zu einem im Boden versenkbaren, torwandgroßen Flachbildschirm, dessen Auswahl an Kanälen und interaktiven Spielmöglichkeiten ihre Vorstellungskraft bei weitem überschritten habe. Dazu eine schier unglaubliche Anzahl an CDs. Die ganze Bandbreite: von voraztekischem Jazz, Indie-Carport-House, bengalischer Orgelimprovisation, bis hin zu verwegen blondierten, rockjodelnden Volksmusikschwestern, die mit ihrem »CROSSÜBER« betitelten Sampler-Sammelsurium »Neuland« betreten wollten. Die umfangreiche DVD-Sammlung und die kleine - aus halb zerfledderten Comicbänden bestehende - Bibliothek schien nach Annas Einschätzung darauf hinzuweisen, dass das »sichere Haus am See« überwiegend von Männern genutzt wurde. Wirklich schmerzlich vermisst habe sie ihren Laptop oder einen Tablet-Computer mit Internetanschluss. Fahrig und nervös sei sie geworden, weil sie nicht telefonieren durfte. »Kalter Entzug!«, habe einer ihrer Bewacher lachend gemeint, war aber trotz flehentlicher Bitten hart geblieben. Sie könne ja stattdessen den Wellness-Bereich nutzen, empfahl er ihr. Der Keller sei mit allen notwendigen Spielereien ausgestattet gewesen: Hamam, Sauna, Kältebecken, Aroma-Dampfbad, massagedüsenbestückte Jod- und Schwefel-Pools, Ruhezone, Bar, einzig das Personal habe gefehlt. Doch sie hätte die Anlage nicht genutzt, weil sie ihren Bikini nicht mit hatte und sie von den stundenlangen Befragungen durch die Beamten viel zu kaputt gewesen sei, um sich noch anständig entspannen zu können. Außerdem wäre Wellness – ohne andere, verbrauchter aussehende Menschen – alleine im Keller eh nur langweilig oder gar ein wenig unheimlich. Ja, wenn Miriam mit dabei gewesen wäre, dann hätte die Sache schon ganz anders ausgeschaut.

Zeil interessierte sich hauptsächlich für die Befragungen. Wie lief das Ganze ab? Welche Themen wurden angesprochen? Was hatte es mit diesem ominösen »Index« auf sich? Anna berichtete Zeil, wie sie damals in Wiesbaden von dem BKA-Mann kontaktiert worden war und ihm Informationen über die Führungsebene der »STRANGE AG« geliefert hatte, angeblich um einer Verschiebung von Drogengeldern auf die Spur zu kommen. Der Verdacht krimineller Handlungen seitens der Vorstandsebene habe sich bislang noch nicht erhärtet, juristisch sei alles wasserdicht, habe »Friedrich« ihr erklärt. Vielmehr habe ihr BKA-Kontakt seine Vertrauensstellung dazu ausgenutzt, um über Anna an Insiderinformationen heranzukommen und diese an der Börse zu privaten Zwecken einzusetzen. Aufgeflogen sei »Index« erst, als seine Geschäfte eine systemrelevante Größenordnung angenommen hatten, indem er versuchte, gegen einen Hedgefonds zu wetten und sich dabei die Rentenansprüche der Bewohner einer kleinen Mittelmeerinsel versehentlich verdreifacht hatten, was man keinesfalls habe hinnehmen können. »Index« habe man – im gegenseitigen Einvernehmen und ohne größeres Aufsehen zu verursachen – rückwirkend ins Finanzministerium versetzen können. Dort würden seine transaktionsakrobatischen Kenntnisse dringend benötigt, und gleichzeitig habe sich das BKA möglicher Regressforderungen des Fonds auf eine elegante Art und Weise entledigt.

Dennoch müsse man weiterhin mit ihr zusammenarbeiten, habe Friedrich Anna erklärt. Die Sache mit den Südamerikakontakten des Vorstandes der STRANGE AG sei noch nicht ausgestanden, man brauche weitere Informationen von ihr.

Zeil hatte sich aufgeregt:

»Merkst du nicht, wie du manipuliert wirst? Die erzählen dir eine Geschichte, von der du nicht einmal ansatzweise eine Ahnung hast, ob etwas an ihr dran ist. Die benutzen dich einfach weiter! Whistleblower leben gefährlich. Wenn es drauf ankommt, lassen die dich genauso schnell fallen wie eine Ermittlung gegen die falschen, weil zu mächtigen Leute. Ob dein angeblicher BKA-Kontaktmann »Index« heißt oder »Friedrich«, ist dabei vollkommen egal. Du kannst noch nicht einmal mit Sicherheit sagen, ob die beiden wirklich für das Bundeskriminalamt arbeiten, stimmt´s? In deiner Situation bist du jederzeit erpressbar. Steig aus, bevor es zu spät ist!«

»Was glaubst du, wie das läuft?«, hatte Anna geantwortet. »Meinst du, ich würde jetzt einfach aussteigen? Glaubst du im Ernst, dass ich meine Karriere einfach wegwerfe, noch einmal ganz von vorne anfange? Meine Position, mein Einkommen, meine Netzwerke und Kontakte - meinst du, dass ich das alles aufgebe, was ich mir erarbeitet habe, nur, weil sich mein ach so besorgter Ex auf den weiten Weg nach Berlin begeben hat, um mich aus einer von ihm selbst phantasierten Bredouille herausboxen zu können? Konrad, du bist ein Narr, ein armseliger Held! Gib zu, du hast geglaubt, dass du mich retten kannst und ich dir wie in einem schlechten Hollywood-Streifen schmachtend in die Arme sinke. Oder schlimmer noch: Du bist ein Gutmensch, Moralist und unverbesserlicher Idealist! Glaubst du, dass ich mich erpressen lasse? Du bist naiv und hast keine Ahnung von den schmutzigen Spielchen, die auf dem Weg an die Spitze gespielt werden. Oder sie sind dir egal, weil du ausschließlich in deiner vergessenen Abstellkammer polizeilich verbeamteter Redlichkeit lebst. Wach auf! Wer das ‚big game' um Macht und Erfolg nicht riskiert, steht von vornherein chancenlos auf der Opferseite des Verteilungskampfes und hat bereits verloren! Ich jedenfalls werde meine neuen Kontakte zu nutzen wissen – und komm mir dabei bloß nicht in die Quere, Konrad, hörst du?«

Sie hatten sich bis in die Nacht hinein gestritten, wie in schlechtesten alten Zeiten. Anna kam nicht auf den Gedanken, ihm für den Rest der Nacht das Sofa anzubieten, und Zeil wollte nicht fragen. Er verabschiedete sich, als er begriff, dass der Himmel über Annas Welt dem in seinem eigenen Universum nicht im Entferntesten mehr ähnlich sah und ihn seine rhetorische Unterlegenheit zu nerven begann.

Schmerzen und der morgendliche Straßenverkehr weckten ihn gegen sechs Uhr auf dem Beifahrersitz seines Corsa. Er fühlte sich, als sei er eine Treppe hinunter gestoßen und mit einem Wischmopp verprügelt worden – jeder einzelne Knochen tat ihm weh. Bevor er seinen Rückweg aus der Stadt auf die Autobahn suchte, trank Zeil in einem menschenleeren, vollautomatisierten Selbstbedienungs-Backshop einen »ultra-black-schwarzen« Selbstbedienungs-Kaffee mit dreifach Zucker. Er zahlte, indem er in ein Kameraobjektiv blickte und er das »BESTÄTIGEN«-Feld der Touchscreen berührte, nachdem seine persönlichen Daten auf dem Monitor aufgetaucht waren. Auf Höhe des Potsdamer Dreiecks weinte Zeil das erste Mal seit Kindheitstagen.

28

MÜNCHEN
DREI WOCHEN SPÄTER

Abschlussbericht SOKO »Rainstraße« (Auszüge)

Dezernat für Gewaltdelikte des Polizeipräsidiums der Landeshauptstadt München, Kommissariat 5: KHK Zeil, Konrad

… Im Falle der Tötungsdelikte **Dr. Jürgen Naumburg** <GEBURTSDATUM_JN> und seiner Frau **Helga Naumburg** <GEBURTSDATUM_HN> konnten durch umfangreiche Ermittlungsarbeiten und vorbildliche Zusammenarbeit der Kommissariate 5, 2 und 3, der Kriminaltechnischen Abteilung, der Abteilung Operative Fallanalytik sowie den Kollegen der PI 23 München-Giesing zwei dringend der begangenen Taten verdächtige Personen männlichen Geschlechts ermittelt werden. …

… Konzentrierten sich die Ermittlungsarbeiten anfangs auf den Vorbesitzer der Tatort-Wohnung Gunther Willms <GEBURTSDATUM_GW> (Suizid am <DATUM_SGW>), so konnte dieser Anfangsverdacht trotz vorhandener Motivlage (Betrugsvorwurf gegenüber Ehepaar Naumburg) mittels kriminaltechnischer Untersuchungen (siehe Gutachten KT <AKTENZEI-CHEN_KT_GW>) vollständig ausgeräumt werden. Keine einzige der aufgefundenen tatrelevanten Spuren konnte direkt mit dem mittlerweile verblichenen Gunther Willms in Verbindung gebracht werden. Dennoch stellte sich die Frage, ob Willms aufgrund seines unbestreitbar vorhandenen Motivs eventuell Auftraggeber der Bluttat hätte sein können. Doch auch für diese Hypothese wurden bislang keinerlei stichhaltige Anhaltspunkte gefunden. ...

... Nachforschungen bei der das Ehepaar Naumburg vertretenden Kanzlei RAMM, SCHWERT & LOSS bzgl. des im Raum stehenden Betrugsvorwurfes ergaben, dass sich Gunther Willms beim Verkauf seiner Wohnung auf eine notariell abgesegnete Vertragsvariante eingelassen hatte, die eine Anzahlung auf den Gesamtpreis vorsah. Die Auszahlung der Restsumme sei dann vorerst zurückgehalten und verweigert worden mit der Begründung, dass es eine mündliche Nebenabrede gegeben habe, gemäß der auf Kosten des Vorbesitzers die Verlegung eines Eichenholzparketts, der Einbau eines hochwertigen Badezimmers und einer Naumburgschen Ansprüchen genügenden Designerküche vereinbart worden sei. Gunther Willms habe diesen mündlich abgeschlossenen Vertrag stets bestritten und zivilrechtlich versucht, den Wohnungsverkauf rückgängig zu machen. Vor Gericht sei Willms gescheitert, da das Ehepaar Naumburg den Zeugen Torsten Smekal aufbieten konnte, der sie zu besagtem Wohnungsbesichtigungstermin begleitet hatte (was Willms auch nie bestritten habe) und die Naumburgsche Version einer mündlich getroffenen Vereinbarung glaubhaft in allen Einzelheiten bestätigen konnte (was Willms sehr wohl bestritten habe). …

… Ein augenscheinlicher Ermittlungsansatz ergab sich in der Leere der Tatort-Wohnung, dem vollständigen Fehlen jeglicher Einrichtungsgegenstände. Zumindest die alte Küchen- bzw. Badezimmereinrichtung musste von Handwerkern bereits entfernt worden sein. Befragungen der Nachbarschaft ergaben, dass noch vier Tage vor der Entdeckung der beiden Leichen in der Wohnung gearbeitet und Bauschutt von zwei männlichen Personen (nicht näher identifizierbar / Alter ca. zwischen 20 und 30 Jahren) in einen unbeschrifteten weißen Kombi verschafft worden war. …

… Durch weiterführende Ermittlungen konnten sowohl die vom Ehepaar Naumburg beauftragte Sanitär- (<FA_NAME_SAN>)als auch die Küchenbaufirma (<FA_NAME_KUE>) ausfindig gemacht werden. Trotz des Angebots eines preisgünstigen Ausbaus der alten Einrichtung nebst fachgerechter Entsorgung sei Dr. Naumburg auf keines der beiden Angebote eingegangen. Er habe eigene Leute, habe er gesagt. …

Ein Durchbruch gelang erst mit der Aufklärung eines weiteren Gewaltdeliktes: dem Raubüberfall auf den Zeugen und Finder der beiden Leichen Siegbert Resch, genannt »Siggi« (<GEBURTSDATUM_SR>).

Bericht (<AKTENZEICHEN_BO> / Auszüge) PM Bocksberger
PI 23 München-Giesing

… Der Tatverdächtige Peter H. <GEBURTSDATUM_PH> gesteht nach anfänglich beharrlichem Leugnen, Herrn Siegbert Resch, genannt »Siggi« <GEBURTSDATUM_SR> am späten Abend des <DATUM_1> um <UHRZEIT_1> zum Zwecke einer Aneignung »von Siggis geilem Smartphone« der Marke <MARKE_SMARTPHONE> mittels körperlicher Gewalt (Faustschlag zum Kopf des Tatopfers) niedergeschlagen und beraubt zu haben. …

… Der Tatverdächtige Peter H. ist laut Aussage des Tatopfers Siegbert Resch ein Frührentner und Bekannter aus seiner Stammkneipe »Häuserl«, der ihm manchmal beim Reinigen von S-Bahnhöfen hilft, um an Flaschenpfand heranzukommen. …

… Zu seinen Motiven, das besagte Smartphone an sich zu bringen, machte Peter H. folgende Angaben (Niederschrift Audio-Aufnahme Vernehmung Peter H. <DATUM_2>):

1. »Ich musste es unbedingt spüren. Ich musste es berühren und streicheln.«

2. »Es hat eine super-exklusive App, die mir den Standort jeder herrenlosen Pfandflasche im Umkreis von einem Kilometer anzeigt.«

... (Ende Bericht PM Bocksberger / Auszüge)

Der Aufmerksamkeit von PM Bocksberger ist es zu verdanken, dass er nach Eingabe aller Daten auf eine Systemmeldung hin die SOKO »Rainstraße« kontaktiert hat. Es stellte sich der Verdacht ein, dass Peter H. den Raubüberfall auf Siegbert Resch weniger aus unbefriedigten taktilen Smartphone-Bedürfnissen heraus, sondern zum Zwecke einer Beweismittelbeseitigung begangen haben könnte. Zumal das Opfer des Überfalls kurz zuvor in seiner Stammkneipe mit einem widerrechtlich aufgenommenen Foto der Auffindesituation des getöteten Dr. Jürgen Naumburg geprahlt hatte und Peter H. ihm beim Verlassen des Lokals laut Zeugenaussagen (siehe Bericht PM Bocksberger) gefolgt war.

Eine von KK Stefanie Ziegler (Kommissariat 5) beantragte und geleitete Durchsuchung der Wohnung des tatverdächtigen Peter H. förderte das Smartphone von Siegbert Resch zutage. Das besagte Foto war gelöscht worden, konnte von der Kriminaltechnik jedoch wieder hergestellt werden. Das Foto selbst brachte keine neuen Erkenntnisse.

Zielführend war allerdings die Auswertung von Peter H.s eigenem Prepaid-Handy. Die Rufnummer war identisch mit einer – bis dahin nicht zuzuordnenden - von Dr. Jürgen Naumburg gewählten Telekommunikations-Verbindung.

Auszüge aus der Niederschrift der Audio-Aufnahme der Vernehmung von Peter H. <GEBURTSDATUM_PH> vom <DATUM>
U-Haft, JVA Stadelheim

Peter H.: »Was wollen Sie denn noch von mir? Ich habe doch gestanden, dass ich dem Siggi mal kurz eine verpasst und ihn abgezogen habe!«

Zeil: »Erzählen Sie uns einfach, in welcher Verbindung Sie zu Dr. Jürgen Naumburg stehen.«

Peter H.: »Naumburg? Kenn ich nicht! Wer soll das sein?«

Zeil: »Dann erklären Sie mir bitte, wie seine Nummer in den Speicher Ihres Handys kommt.«

Peter H.: »Vielleicht hat er sich verwählt?«

Zeil (laut): »Dreimal? Probieren Sie erst gar nicht, mich hier zu verarschen! Hier geht es nicht mehr nur um ‚mal kurz eine verpassen und Handy abziehen‘, wie Sie den Raubüberfall auf Ihren ehemaligen Kumpel Siggi so schön genannt haben, lieber Peter. Ich darf Sie doch Peter nennen, oder?«

Peter H.: Schweigen.

Zeil: »Hier geht es nicht um vier, fünf Jahre Knast für Ihren Raub. Bei Mord geht es um Lebenslänglich mit anschließender Sicherungsverwahrung! Ist Ihnen das klar, Peter? Also noch mal! Wie kommt diese verdammte Nummer auf Ihr Handy?«

Peter H.: »Wieso Mord? Ist der Siggi tot? ... Alles klar! Ihr verarscht mich! So fest hab ich doch gar nicht zugeschlagen!«

Zeil (sehr laut): »Jetzt hören Sie auf, sich dumm zu stellen! Sie wissen ganz genau, wovon ich rede! Es geht um den Doppelmord an dem Ehepaar Naumburg, in der Rainstraße, draußen in Haching!«

Peter H.: »Nee, nee, nee! Das könnt ihr mir nicht anhängen! Damit habe ich nix zu tun! Ich will meinen Anwalt jetzt! Ich kenn meine Rechte! Ohne Anwalt sag ich gar nix mehr!«

Ziegler: »Schauen Sie, Herr H., vielleicht klärt sich ja alles auf. Erzählen Sie uns doch bitte einfach, in welcher Verbindung Sie zu Dr. Jürgen Naumburg stehen. Vielleicht gibt es ja eine einfache, logische und vernünftige Erklärung, und Sie haben mit dem Mord tatsächlich nichts zu tun.«

Peter H.: »Hab ich auch nicht! Ich habe das Recht auf einen Anwalt. Das wissen Sie ganz genau, und ab jetzt sag ich gar nichts mehr!«

Zeil zu Ziegler: »Er versteht es nicht, was meinst du? Oder er will es einfach nicht verstehen, in welcher Lage er sich befindet.«

Ziegler zu Zeil: »Ja, ich glaube, er hat wirklich keine Ahnung, was auf ihn zukommt. Wie ein Kind, das sich die Augen zuhält, in der Hoffnung, dann nicht zum Zahnarzt gehen zu müssen.«

Zeil zu Ziegler: »Ein Kind, das den harten Maxe spielt, aber nicht mit uns reden will. Dabei hat er die richtig harten Typen im Knast noch gar nicht kennen gelernt. Ob ihm sein Anwalt dabei helfen kann?«

Ziegler zu Zeil: »Vielleicht denkt er noch, dass Anwälte beim Duschen mit dabei sind. Was glaubst du, wie lange er das durchhält?«

Zeil zu Ziegler (lachend): »Nicht sehr lange. Drei, vier Wochen vielleicht, aber wir haben ja Zeit. Er läuft uns ja nicht davon. Was meinst du, Steffi? Wie werden die Lebenslänglichen reagieren hier, wenn einer so oft von uns Bullen Besuch bekommt?«

Ziegler zu Zeil: »Ich gebe ihm eineinhalb Wochen höchstens. Zwei allerhöchstens. Dann bettelt er darum, endlich eine Aussage machen zu dürfen, damit er verlegt wird.«

Ziegler zu Peter H.: »Herr H., ich erkläre es Ihnen noch einmal in aller Ausführlichkeit: Wir bieten Ihnen eine faire Chance. Wir sind die Einzigen, die Ihnen in Ihrer Situation jetzt noch helfen können. Und was tun Sie? Sie schweigen. Seitens der Staatsanwaltschaft haben wir nicht nur den Auftrag, Belastungsmaterial zu finden, sondern auch alle Fakten zu ermitteln, die Sie gegebenenfalls entlasten könnten. Aber wenn Sie nicht mitspielen wollen …«

Zeil: »Wir haben genügend belastende Indizien gegen Sie in der Hand: Naumburgs Nummer auf Ihrem Handy. Die Funkzellenauswertung, die uns bestätigt, dass Sie vor Ort waren. Und der Abgleich Ihrer DNA-Spuren wird uns sicher ebenfalls bestätigen, dass Sie sich in der Wohnung aufgehalten haben. Falls Sie tatsächlich dort gewesen sind, wäre jetzt ein idealer Zeitpunkt, uns zu erzählen, was Sie dort zu suchen hatten.«

Peter H.: »Das bringt doch nichts! Ihr dreht einem doch alles, was man sagt, im Mund herum!«

Ziegler: »Bis jetzt haben wir nur belastende Indizien gegen Sie. Sie sollten die Gelegenheit nutzen, etwas zu Ihrer Verteidigung vorzubringen. An Ihrer Stelle würde ich die Chance nutzen …«

Peter H.: »Es ist eh zwecklos, ihr kommt ja doch drauf …«

Ziegler: »Auf was?«

Peter H.: »Na ja, Schwarzarbeit. Ich hab da ne alte Küche und ein schwiemeliges Badezimmer rausgerissen und entsorgt. Aber mit dem Mord habe ich nichts zu schaffen!«

Zeil: »Woher hatten Sie den Auftrag?«

Peter H.: »Der Hausverwalter gibt manchmal meine Nummer weiter, wenn er einen Job hat, der nix kosten darf und es schnell gehen soll.«

Ziegler: »Und Herr Dr. Naumburg hat Sie dann angerufen?«

Peter H.: »Genau.«

Zeil: »Und dann? Jetzt lassen Sie sich nicht alles einzeln aus der Nase ziehen! Reden Sie, Mann!«

Peter H.: »Wir haben uns dann in der Wohnung getroffen ...«

Ziegler: »Wir? Wer war noch mit dabei, Herr H.?«

Peter H.: »Mit wir meine ich den Naumburg und mich ...«

Zeil: »Wir wissen, dass Sie nicht alleine gearbeitet haben, also raus mit der Sprache!«

Zwei Wochen später gestand Peter H. seine Tat ein und beschuldigte seinen Abrisshelfer Franjo M. <GEBURTSDATUM_FM>, als Haupttäter für die Tötung des Ehepaars Naumburg verantwortlich zu sein:

Peter H.: »Fünfhundert für jeden von uns beiden, wenn wir schnell sind und alles passt, so war es mit dem Naumburg und seinem Stiefsohn, dem Herrn Smekal, bei dem damaligen Besichtigungstermin ausgemacht. Der Smekal hat dann noch kurz mit dem Franjo gesprochen, aber worum es da ging, habe ich nicht mitbekommen. Der Franjo hat gesagt, er hätte noch einen Extrajob bekommen, wollte aber nicht sagen, was für einen. Als wir dann mit der Arbeit in der Wohnung fertig waren, ist der Naumburg mit seiner Frau gekommen, und es hat auf einmal nichts mehr gepasst. Der Smekal war bei der Abnahme nicht mehr mit dabei und die Frau von dem Naumburg hat die ganze Zeit gar nichts gesagt. Wegen tausend Kleinigkeiten hat der Herr Doktor rumgemeckert. Den

Türstock hätten angeblich wir beschädigt, die Kosten für die Reparatur muss er uns abziehen, dabei war der Kratzer bestimmt schon vorher da. Dreihundert wollte er uns noch geben für die ganze Schufterei, aber nicht jedem, sondern insgesamt. Wir haben erst rumdiskutiert, bis der Naumburg gelacht hat und gesagt hat, dass wir ja versuchen könnten, den Rest einzuklagen. Ist aber schwierig, hat er gesagt, bei Schwarzarbeit, und hat noch mehr gelacht. Da ist der Franjo ausgeflippt und hat ihn mit dem Schraubenzieher bedroht. Der Naumburg hat dann sein Smartphone rausgeholt und wollte die Polizei anrufen, da ist der Franjo komplett ausgeflippt und hat zugestochen. Der Naumburg hat dann ganz groß geschaut und die Frau von dem Naumburg war nicht mehr so still und hat angefangen zu schreien, und der Franjo hat auch geschrien, los, schaff die Alte ins Bad, und ich hab die dann gepackt und ihr den Mund zugehalten, damit sie wieder still ist, aber die hat sich verdammt noch mal gewehrt und um sich getreten, wie ich die ins Bad gezerrt hab, dabei wollten wir doch nur unser Geld, so wie vereinbart. Fünfhundert für jeden, das ist doch nix für reiche Leute, die sich gerade eine neue Wohnung gekauft haben, und dann hat die Alte sich nicht mehr gerührt, dabei wollte ich das gar nicht und es tut mir so leid. Wenn der Typ gezahlt hätte und der Franjo nicht so ausgeflippt wäre, dann wäre das alles nicht passiert. Ich wollte das doch nicht **(weinend)**, ich wollte das wirklich nicht. Es tut mir so leid. Was soll ich denn jetzt machen? Und dann bin ich zurück in die Küche, zum Franjo, und da war die ganze Sauerei mit dem Blut, und der Naumburg hat nur noch schwach geröchelt und versucht, sich an der Wand hochzuziehen. Da hat ihm der Franjo noch eine verpasst in die Rippen mit dem Schraubenzieher bis zum Anschlag, und dann war er ganz still, der Naumburg, ganz still war er und ist die Wand runtergerutscht. Nur der Franjo hat geschnauft, als ob er auf Hawaii den Ironman gewonnen hätte, und dann hat er dem Naumburg Smartphone und Geldbörse abgenommen und dann hat er mir meine fünfhundert gegeben, ich wollt auch nicht mehr, nur, was vereinbart war, und der Franjo hat dann den Rest für sich behalten, auch von der Frau, da ist er extra noch mal ins Bad und hat ihr die Handtasche geklaut und alles mitgenommen. Ich wollt da nicht noch mal rein ins Bad, ich wollte das nicht mehr sehen müssen, wie die da so da lag, **(schluchzend)** ich wollte das doch nicht, und jetzt träum ich davon jede Nacht, dabei wollte ich das gar nicht, das müssen Sie mir glauben, ich wollte das wirklich nicht. ...«

EPILOG

Peter H. wurde wegen Mordes zu lebenslanger Haft verurteilt. Seine Haftstrafe verbüßt er in einer niederbayerischen Justizvollzugsanstalt.

Die Zeugin Frau Seewald konnte Franjo M. anhand seines Passfotos als den jungen Mann identifizieren, der vor der verschlossenen Tatort-Wohnung als Gehilfe einer Sanitärfirma gelangweilt mit seinem Handy gespielt hatte. In Folge einer umfangreichen Indizienbeweisführung wurde Franjo M. seitens der Staatsanwaltschaft zur Fahndung ausgeschrieben. Zielfahnder des Landeskriminalamtes ermittelten seinen Aufenthaltsort in seinem Heimatland, das ihn auf Grund eines fehlenden Auslieferungsabkommens nicht den bayerischen Strafverfolgungsbehörden überstellen würde. Siebeneinhalb Monate später wurde Franjo M. im Rohbau seines Einfamilienhauses mit durchschnittener Kehle tot aufgefunden, nachdem er in seiner Bank einen größeren Geldbetrag abgehoben hatte, um Handwerker auszuzahlen.

Kriminalhauptkommissar Konrad Zeil protestierte vergebens gegen die Einstellung weiterer Ermittlungen, mit denen er eine Verbindung zwischen Franjo M. und Thorsten Smekal nachzuweisen beabsichtigte. Die Staatsanwaltschaft begründete ihren Schritt damit, dass Zeil derzeit keine hinreichenden Verdachtsmomente vorlegen könne, sein Eifer zwar vorbildlich sei, er das Budget der Abteilung jedoch im Sinne der vorgegebenen wirtschaftlichen Rahmenbedingungen in unverantwortbarem Maße strapaziere.

Hausverwalter Jens Aalberg bestritt energisch und unter Androhung juristischer Konsequenzen, den Kontakt zwischen Dr. Jürgen Naumburg und dem späteren Mörder von Frau Naumburg, Peter H., hergestellt zu haben. Weder habe er obskure Telefonnummern weitergegeben oder »dubiose Jobs« vermittelt, noch würde er selbst kleinste Ansätze von Schwarzarbeit in jedweder Form billigen, geschweige denn aktiv unterstützen. Jeglicher dieser Darstellung widersprechender Verlautbarung würde er mit einstweiligen Verfügungen, Unterlassensklagen und einer Riege erlesener Spitzenanwälte umfassend entgegenzutreten wissen.

Torsten Smekal investierte einen beträchtlichen Teil des ererbten Familienvermögens in seine - mittlerweile insolvente - Beratungsfirma. Kurz nachdem er mit dem Vorschlag an die Öffentlichkeit getreten war, die jährlichen Steigerungsraten des gesetzlichen Mindestlohnes an die Gehaltszuwächse zufällig vom Statistischen Bundesamt auszuwählender Spitzenverdiener zu koppeln, erlitt er im Starnberger See einen Tauchunfall in einer Wassertiefe von fünfundsechzig Zentimetern. Thorsten Smekal liegt seitdem im Koma und ist rund um die Uhr auf die Hilfe von Pflegekräften angewiesen. Die Kosten der Unterbringung in dem Münchner Pflegeheim gehen – seit sein restliches Privatvermögen aufgebraucht ist - zu Lasten der Sozialkassen, in die Smekal als Freiberufler und selbstständiger Unternehmer nicht eingezahlt hatte. Die umfangreichen polizeilichen Untersuchungen des Tauchunfalls, an denen weder KHK Konrad Zeil noch KK Stefanie Ziegler beteiligt waren, wurden von dem zuständigen Staatsanwalt eingestellt, nachdem ein Kabarettist und Stimmenimitator sich den abwegigen Scherz erlaubt hatte, in einem Anruf damit zu drohen, dessen komplette Abteilung in das im ehemaligen Zonenrandgebiet liegende, beschaulich oberfränkische Hof versetzen zu lassen.

Mit der Abwicklung der Abteilung ihres Stalkers Bruno Ohlmann schien es Anna, als habe sie eine speziell ihr zugedachte Prüfung bestanden. Sie wurde von ihrem obersten Chef und Vorstandsvorsitzenden Wolfgang Abt zu dem jährlich stattfindenden - und dem inneren Führungszirkel vorbehaltenen - Benefiz-Golfturnier der STRANGE AG eingeladen.

Anna rief Konrad einige Zeit später an – sie stecke in ernsthaften Schwierigkeiten.

Danke...

Marion für die Starthilfe, dieses Buchprojekt in Angriff zu nehmen, Michael für wertvolle Informationen und Anregungen, meinem Vater für Korrektur und Bändigung der Zeichensetzung und ganz besonderen Dank meiner Frau Ille für ihre kluge, konstruktive Kritik als aufmerksame Erstleserin und für ihre Nachsicht hinsichtlich der Dauer dieses Projekts.

K. J. Müller